大唐青文

唐诗背后的故事

冬 郎——著

吉林出版集团股份有限公司

图书在版编目（CIP）数据

大唐文青：唐诗背后的故事 / 冬郎著 . — 长春：
吉林出版集团股份有限公司，2014.12（2022.8 重印）

ISBN 978-7-5534-5961-5

Ⅰ . ①大… Ⅱ . ①冬… Ⅲ . ①唐诗 – 鉴赏 – 通俗读物
Ⅳ . ① I207.22–49

中国版本图书馆 CIP 数据核字（2014）第 260309 号

大唐文青：唐诗背后的故事

著　　者	冬　郎
本书策划	李异鸣
责任编辑	白聪响
特约编辑	刘志红
封面设计	象上设计
开　　本	787mm×1092mm　1/16
字　　数	135 千
印　　张	11
版　　次	2015 年 1 月第 1 版
印　　次	2022 年 8 月第 2 次印刷

出　　版	吉林出版集团股份有限公司
电　　话	总编办：010-63109269
	发行部：010-81282844
印　　制	天津文林印务有限公司

ISBN 978-7-5534-5961-5　　　　　　　　　定价：49.80 元

目录

《送杜少府之任蜀州》

——从书香门第到少年犯

其实很多时候，子孙发扬光大了祖辈的名气，反而让祖先默默无闻了。王勃是人尽皆知的唐朝才子，当初他凭借他爷爷王通的名气出道，然而现在的我们已经普遍不知道王通是谁了。

王通是一代大儒，曾经做过从六品的太子舍人，从六品，类比现在也是市级干部了。并且还模仿了《春秋》写了一部编年史，模仿《孔子家语》和《法言》（汉代大儒杨雄著作）写了《中说》，也算是当时的文化名人。

王通的弟弟王绩又是唐建国初少数几个拿得出手的诗人之一，他为五言律诗的成熟做出了卓越贡献。

王勃本人呢，也拥有一颗不羁的心。在唐初，魏晋南北朝那种放浪形骸的事情已经少了很多，像嵇康打铁、刘伶酗酒、阮籍飙车这些风流韵事已经成为过去，但是诗人们的个性依然像花露水的香气一样浓烈。

据说，曾经有个客人到王勃家蹭饭，客厅正好能看到小王勃的书房。估计古人隐私意识不强，小孩住的房间不经常关门。

客人看了看王勃的房间，对王勃父亲说：你家小孩还真刻苦啊，比我家小孩强多了，你看，还在磨墨呢，估计准备做作业了吧。

客人继续看，王勃磨好墨汁之后，洗了洗手，擦了擦汗，随后往床上一躺……

客人很惊奇，就问王勃父亲：你家小孩这是什么情况，刚刚不是准备做作业吗？

王勃父亲无比自豪地回答说：这你就不懂了吧，我家小孩就是这个学习习惯，每次写作文写论文都是这样，磨好墨了就躺床上，起床就能一气呵成了。

客人一听：原来你家小孩会打腹稿啊，了不得啊！

没多久，小王勃果然一个筋斗翻下床，一首五言绝句一气呵成，客人也跑去看了看，不禁夸赞小王勃是个奇才。

没多久，这个事情就传遍了。要是那时候有网络，小王勃也是网络神童一枚，估计绰号叫腹稿哥。

有家学渊源和红遍大江南北的事迹和噱头，王勃自然也就出了名气。唐高宗麟德元年（664年），王勃才十四岁，就被破格提拔为朝散郎，从七品，相当于副县长级别，你说气人不气人。

对于这种政府招收童工的事，在中国一向存在，但是毕竟也是少数。没多久，王勃又被调到王府陪沛王李贤读书。沛王李贤是什么地位呢？是高宗皇帝的皇后武则天的二儿子。

这是什么概念呢？一方面，那时候皇子的封国、王位什么的虽然是虚的，沛王不一定能做得到沛县的主，但是唐朝的皇子是可以当官的，怎么的也是个封疆大吏！就算当不了什么大官，随便来个政绩，封赏一万个户口的农民帮皇子种田小意思。

另一方面，李贤是高宗皇帝正室的二儿子，太子李弘万一那什么了，太子不就是李贤了吗？实际上，李贤后来还真当了太子，不过因为跟母亲武则天关系不好被废了。

不管怎么说，有这么一个土豪朋友，王勃的生命几乎要怒放了，前途就像探照灯一样，发出了一道直上云霄的光明。

唐朝的皇子都是土豪，标准的上流社会，皇子之间会有些比较高档的游戏和竞技。唐朝最流行的无非这么几样，走狗（比赛哪个狗先抓到兔子）、马球和斗鸡，都和动物有关。其中，斗鸡是最为血腥、最具竞技性的项目。李贤和英王李显，一对亲兄弟，特别喜欢斗鸡，王府里的斗鸡都有专门的人照顾。

一天，李贤在与李显组织斗鸡比赛的时候，李贤队的鸡明显气势上不行。为了振奋队员的士气和斗志，李贤拿出了撒手锏——王勃。王勃那时候已经是全国闻名的青年文豪。

王勃不会斗鸡，只会写文章。李贤就让王勃给他写一篇讨伐英王斗鸡的檄文，以求让己方队员受到鼓舞，拥有昂扬的斗志。古代不仅有对牛弹琴，还有为鸡属文。而且，檄文，就是过去战场上讨伐敌人时的宣战书兼作战条令，这为王勃的未来埋下了伏笔。

李贤怎么说也是土豪，还是自己的上司，那就写呗。王勃拿出纸笔，文不加点，一篇《檄英王鸡》就写好了。我们今天从这篇文章中，还能看出古时斗鸡的场景和规则，从文学上看，这也是一篇初唐时期难得的骈文精品。

比赛开始了，伴随着高昂的运动员进行曲，王勃被高宗皇帝下令逐出了王府，解除了一切职务。

王勃毕竟太年轻，他触碰了唐帝国最不能碰的东西。唐朝的太宗皇帝李世民杀了哥哥弟弟，逼走了自己的老爹才走上了皇位；唐高宗当太子那会儿，皇子间的争夺不敢说腥风血雨，至少是惊心动魄。简直是有皇子的地方就是江湖。

高宗当天就看到了这篇《檄英王鸡》，接连吐槽道：聪明不用在正道上，两个王斗鸡，身为知识分子不去劝阻，还去煽

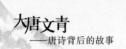

风点火，搞得斗鸡跟打仗一样，还写檄文，不挑拨我家庭关系心里难受是吧？

我估计是李显去告状的，英王李显又是什么人呢？就是后来的唐中宗。

当年的神童，堂堂七品朝廷命官，就这一下成了无业游民。与此同时，王勃的好友杜某人（具体名字不详）就要离开长安去往蜀州当个县尉，相当于县公安局局长。虽然说和曾经的王勃比算不了什么，但是对现在的王勃来说，这可是大好的前程。

因为唐朝人喜欢称县尉为少府，所以王勃就称之为杜少府，写了一首《送杜少府之任蜀州》。

> 城阙辅三秦，风烟望五津。
> 与君离别意，同是宦游人。
> 海内存知己，天涯若比邻。
> 无为在歧路，儿女共沾巾。

能够保卫整个秦地的城阙，却留不下朋友的脚步，几乎已经可以看到蜀州五个渡口的风烟弥漫。

当初即将飞黄腾达、名噪一时的小神童，现年十八岁，与杜少府一样，只是个在仕途上默默打拼的小青年。

"海内存知己，天涯若比邻"，对我们现代人来说不过是一句口头禅，而在那个寄封信都得小半年的时代，则可说是一句安慰。因为对于他们来说，任何一场离别，都可能是永别。

说好是"无为在歧路，儿女共沾巾"，但是我相信王勃已经哭得不成样子，舍不得故人，忘不了过去，更找不到未来。

据说，王勃后来甚至索性跟着杜少府去四川玩了一两年。后来朝廷也曾经找他让他再次出山，但是都被他拒绝了。四年后，也就是咸亨三年（672年），王勃光荣入伍，成为虢州参军。参军，相当于现在的参谋，在当时是七品到八品。

我估计啊，这个职位也是王勃父亲王福畴介绍的，毕竟他爹现在好歹也是雍州司功，相当于一个市级单位里管人事的头子。

原本王勃死活不愿意再混仕途，但是一听虢州这地方山好水好，还有不少名贵草药，也就同意了。

现在我们总是受电视剧影响，动不动就一品大员、七品芝麻官。实际上，过去县令也才七品，唐朝时期，宰相也才三品二品，一品那是荣誉称呼。王勃二十二岁当个七八品，其实也很不错了。试想下，你二十多岁的时候当了县长，你开心不？

但是，王勃当年可是红遍大江南北的腹稿哥，皇子李贤的好哥们儿，家世和学历那都不说了。所以，他始终放不下架子，有些傲气。这样，终究是有些不好，在办公室里理所应当受到同事的妒忌。

正所谓，那什么遭雷劈。

果然，一个叫曹达的官奴找上门来了，请王勃帮个忙，让她留下住一段日子。王勃没多想，就同意了。

官奴是什么？按照很多解释，官奴是官府的奴隶。实际上，这有些隐晦。说白了，官奴就是官妓。那时候当官的搞个宴会什么的，都有官妓陪酒奏乐，或者来个歌舞会演什么的。

还需要说明的是，妓和官妓还是有很大区别的。官妓是有政府有关单位编制和证书的，是国家公务人员，吃的是皇粮。而且，官妓主要从事的是歌舞表演，原则上不卖身。

但是唐朝的社会说起来有些礼崩乐坏，那些官员没几个不好这口，国家也不管。像什么白居易、元稹、杜甫什么的，没哪个不喜欢没事找找官妓约个会什么的，反正是免费的，你也懂的。甚至于可能官妓是"吃大锅饭"的，服务态度不好，很多诗人有些钱就喜欢去私营的青楼尝个鲜儿。

这下大家就更能理解古人为了劝谏小孩子读书考科举的那一句"书中自有颜如玉"了吧！直到南宋往后至明朝，礼仪制度重新被重视，这种不正之风才被打压下去。

那时候的官妓都是琴棋书画、歌舞酒赋样样精通的气质女神。这些人有的是官宦人家的闺秀，但是家里父亲或者爷爷或者哪个亲戚犯了重罪，被抄家了。有的是异域的美人，被政府军队俘虏。总之，都是美人，而且有专门的培训，色艺双全那是肯定的。

我想这个曹达也不例外。面对如此艳遇，王勃能够忍住诱惑？王勃就这样将曹达收容在府上，自以为捡了便宜。

但是，他万万没有想到，曹达其实是因为犯罪了被通缉，才想到投奔他的。更可怕的是，这件事情很可能也是他得罪过的某个同事的有意设计陷害。

当王勃发现事情不对劲时已经晚了。实际上有些时候吧，直系亲属之间的隐瞒包庇是不犯法的，现在很多国家也这样。藏匿逃犯，又非亲非故，这个在哪里都是不允许的。

最后，年轻的王勃做出了惊人之举，把曹达杀了。确实，死人不会说话，很安全。显然，王勃不知道这个事情背后还有预谋，他甚至都没往那方面想。他天真地以为只要杀了曹达就没事了，毕竟她是一个逃犯，既然朝廷还没发现她，那么把她杀了无非就是让她继续消失。

可是，没多久事情就被他的同僚抖了出来，原本同事们只是想把他给逼走，或者让他降个几级，杀杀他的锐气。可是，玩笑开过火了。

王勃成了杀人犯，按照法律，自然是传统的一命抵一命，死罪。虽然说杀的是逃犯，然而曹达罪不至死，即使是死罪也有法律去制裁她啊。对于这一点，身为礼仪之邦的中国，法律很早就分得很清楚。

但是，上天还不想这么快把王勃给收了。过去都是秋后问斩，秋天之前都在牢里面待着。王勃还没到处斩的时候，就遇上了天下大赦，加上犯罪情节并不严重，手段并不残忍，王勃年纪也不大，就被无罪释放了。

但是，王勃的父亲王福畤是雍州司功，因为王勃这个破事，被调到了交趾县做县令。交趾县在哪呢？在今天的越南河内，那会可是标准的边疆蛮荒之地，且不说环境多艰苦，单单是林子里的獠人（原始部落）就够唐朝官员们受的了。

就这样，曾经让王家声名显赫的王勃，成了家族的累赘。出狱后的一年里，王勃发愤著书，又是补全祖父王通的遗作，又是写了篇《大唐千岁历》（扬言唐朝有千年的国运）来拍唐朝的马屁。

公元 675 年，唐高宗上元二年，王勃终于找到机会，动身前往交趾县去找他父亲，或者说，他可以回家了。

《滕王阁序》

——最后的旅行

　　豫章故郡，洪都新府。星分翼轸，地接衡庐。襟三江而带五湖，控蛮荆而引瓯越。物华天宝，龙光射牛斗之墟；人杰地灵，徐孺下陈蕃之榻。雄州雾列，俊采星驰，台隍枕夷夏之交，宾主尽东南之美。都督阎公之雅望，棨戟遥临；宇文新州之懿范，襜帷暂驻。十旬休假，胜友如云；千里逢迎，高朋满座。腾蛟起凤，孟学士之词宗；紫电青霜，王将军之武库。家君作宰，路出名区；童子何知，躬逢胜饯。

　　时维九月，序属三秋。潦水尽而寒潭清，烟光凝而暮山紫。俨骖騑于上路，访风景于崇阿。临帝子之长洲，得仙人之旧馆。层台耸翠，上出重霄；飞阁流丹，下临无地。鹤汀凫渚，穷岛屿之萦回；桂殿兰宫，列冈峦之体势。披绣闼，俯雕甍，山原旷其盈视，川泽盱其骇瞩。闾阎扑地，钟鸣鼎食之家；舸舰迷津，青雀黄龙之轴。虹销雨霁，彩彻区明。落霞与孤鹜齐飞，秋水共长天一色。渔舟唱晚，响穷彭蠡之滨；雁阵惊寒，声断衡阳之浦。

　　遥襟俯畅，逸兴遄飞。爽籁发而清风生，纤歌凝而白云遏。睢园绿竹，气凌彭泽之樽；邺水朱华，光照临川之笔。四美具，二难并。穷睇眄于中天，极娱游于暇日。

天高地迥，觉宇宙之无穷；兴尽悲来，识盈虚之有数。望长安于日下，指吴会于云间。地势极而南溟深，天柱高而北辰远。关山难越，谁悲失路之人？萍水相逢，尽是他乡之客。怀帝阍而不见，奉宣室以何年？

嗟乎！时运不济，命运多舛。冯唐易老，李广难封。屈贾谊于长沙，非无圣主；窜梁鸿于海曲，岂乏明时。所赖君子安贫，达人知命。老当益壮，宁移白首之心？穷且益坚，不坠青云之志。酌贪泉而觉爽，处涸辙以犹欢。北海虽赊，扶摇可接；东隅已逝，桑榆非晚。孟尝高洁，空怀报国之心；阮籍猖狂，岂效穷途之哭！

勃，三尺微命，一介书生。无路请缨，等终军之弱冠；有怀投笔，慕宗悫之长风。舍簪笏于百龄，奉晨昏于万里。非谢家之宝树，接孟氏之芳邻。他日趋庭，叨陪鲤对；今晨捧袂，喜托龙门。杨意不逢，抚凌云而自惜；钟期既遇，奏流水以何惭？

呜呼！胜地不常，盛筵难再。兰亭已矣，梓泽丘墟。临别赠言，幸承恩于伟饯；登高作赋，是所望于群公。敢竭鄙诚，恭疏短引。一言均赋，四韵俱成。请洒潘江，各倾陆海云尔！

这个古代这些文艺青年啊，在一起的时候都喜欢相互写写东西，从魏晋到唐宋，一般都是写诗为主。大家伙写诗，总要有个人先写吧？先写的人呢，通常还有个任务，就是写一篇很好的序文出来，一来做自己诗篇的序，二来作为这次集会的序。

比如说，《兰亭集序》就是当初王羲之一伙人搞的一场集会，大家一起去兰亭这地方，搞了一场消灾祈福的仪式，然后让王羲之写了序文，大家一起作诗。

我们故事的主角王勃在前往越南探望他爹的路上，路过了今天的南昌。那会南昌叫洪州，洪州都督叫阎伯屿。

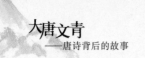

都督是一个什么职位呢？这个说起来复杂，牵扯到唐朝的奇葩的军事制度。都督相当于现在军分区的司令或者市一级武装部的头子，名义上管一个地方的征兵等事务。为什么说那时候的军事制度奇葩呢？别的不说，那时当兵除了盔甲和弩（这两样是管制的）以外，其他的装备需要自己买！你有钱，你买个马当骑兵；没钱，乖乖当步兵。这是南北朝留下来的制度，别的不说，《木兰辞》里不就有描写："东市买骏马，西市买鞍鞯，南市买辔头，北市买长鞭。"

扯远了，总之那时候的都督在那个制度下很闲，征个兵武器都不用发，所以有的是时间搞其他事。

当时，南昌有个名胜，叫滕王阁。是当年唐太宗李世民的弟弟滕王李元婴修建的，所以叫滕王阁。当时滕王阁的高度大约是三十米，对古人来说，江边上的这座建筑已经是摩天大楼了。

这个洪州都督不知道是为了政绩还是为了摆阔，硬是将这个楼给重新修葺了一下。为了纪念这个"壮举"，特地趁着重阳节公务员都放假了，在阁楼里举办了一次文学小派对。

正好，大文豪王勃这时候也到了南昌，附庸风雅的阎都督自然也送上了邀请函。据说这时候王勃路过南昌也是天意，王勃前一天坐船几乎顺风顺水，日行七百余里。

数百年后一样意气风发的少年才子唐伯虎有诗云：千年想见王南海，曾借龙王一阵风。不管传说是真是假，王勃是注定要留下一篇千古奇文。

派对上，阎都督饶有兴趣地隆重介绍了他的女婿孟学士，又是说他文章如何如何，又是说他才学如何如何。孟学士隆重登场之后，阎都督又提议，让在座的各位选一个文章最好的作个序。

越是文艺青年越往往微微带有那种二乎气质，阎都督的意思大家都明白了，除了王勃。

阎都督家的书童拿着笔墨纸砚，一个个地问："要不您来写？""要不您试试？"

谁接这个任务就是傻子，但是王勃还真当了傻子，一把接过文房四宝：多谢阎都督信任，我这就写！

阎都督那个一头汗啊，擦了又擦。最后丢下一句：那你写，我带朋友们去赏景，你写，你好好写！

是的，阎都督！保证完成任务！

王勃提笔就写，根据一些野史笔记传说之类的花边新闻，当时的阎都督虽然不高兴，但是好奇害死猫，这么一个文豪给你写文章，你不想看看？明着他在游览，实际上，派了几个书童，就在一旁看着王勃写文章，时不时地将写好的句子汇报给阎都督。

要知道，唐初盛行骈文，句子之间都是对仗的，难度已经到了变态的地步——所以中唐韩愈等人无奈发起了古文运动，要不然，文压根儿载不动"道"，很难对宣扬儒学思想起到帮助。

第一个书童来了，汇报说：豫章故郡，洪都新府。Over。

阎都督不以为然，呵呵，这句子我也会写。

第一个书童回去了，第二个书童来了：星分翼轸，地接衡庐。Over。

孟学士开口了：这个我真能写，王勃，浪得虚名，切。

紧接着又来了一个书童：襟三江而带五湖，控蛮荆而引瓯越。Over。

阎都督和孟学士都傻眼了，这样雄浑的意境，可不是他们这种才学所能造就的了。没二话，立即带着宾客们回到堂厅，纷纷前去围观文豪的风采：

物华天宝，龙光射牛斗之墟；人杰地灵，徐孺下陈蕃之榻。雄州雾列，俊采星驰，台隍枕夷夏之交，宾主尽东南之美。

王勃写到这里，不知道是意识到了当时的失礼，还是有意给阎都督和孟学士一些面子，接着写道：

都督阎公之雅望，棨戟遥临；宇文新州之懿范，襜帷暂驻。十旬休假，胜友如云；千里逢迎，高朋满座。腾蛟起凤，孟学士之词宗；紫电青霜，王将军之武库。家君作宰，路出名区；童子何知，躬逢胜饯。

说完了客套话，王勃开始步入正题。那楼外的山水赐予他无限的想象，浩瀚的江湖让他情不自禁。

一句"落霞与孤鹜齐飞，秋水共长天一色"，让历史定格在那个千年前的下午。一句"老当益壮，宁移白首之心？穷且益坚，不坠青云之志"，似乎也暗示了王勃不久后的结局。一篇《滕王阁序》落下句点，一首《滕王阁诗》也是一气呵成。

滕王高阁临江渚，佩玉鸣鸾罢歌舞。
画栋朝飞南浦云，珠帘暮卷西山雨。
闲云潭影日悠悠，物换星移几度秋。
阁中帝子今何在，槛外长江空自流。

如今，何止帝子，何止王勃，就连那落霞孤鹜、秋水长天，都已经不再是当年的风物。

在众人惊诧的目光下，王勃也自我感觉非常良好，喝得酩酊大醉。最后王勃带着醉意，向阎都督告辞，阎都督一口气送了王勃一百匹上好的丝绸。丝绸在当时也是重要的硬通货之一，王勃带着这些宝贝，继续乘船南下。

云帆高张，没多久王勃已经到了热带地区，在珠江口出海之后，一阵大风，吹翻了那艘汪洋中的一艘船。王勃虽然被人救起，但是惊吓和海水的浸泡已经让他一病不起，没多久，王勃的年龄永远停在了二十七岁。王勃和他父亲最终还是没能见上一面，一阵风成全了王勃的文采，又一阵风成全了王勃的英年早逝。

自古英杰出少年，但是，少年英杰又往往不得善终。或许，对他们而言，英年早逝总比晚年江郎才尽要好。

无论如何，王勃没了。但是，中国从此迎来了诗的时代——唐诗，以其无与伦比的地位，占据着中国人的精神高地。

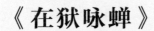

《在狱咏蝉》

——男权主义的悲剧

如果要给这个章节加一个题记的话，我想说：很多时候，一个人实现了梦想意味着造就了千千万万的悲剧。

初唐时期，王杨卢骆号称四杰，实际上，真的跟后世的盛唐、中唐、晚唐比起来，拿得出手的也就是王勃和骆宾王了。

与王勃一样，骆宾王也是当时的神童，他七岁那年，凭借一首"鹅鹅鹅，曲项向天歌。白毛浮绿水，红掌拨清波"成功出道，红遍大江南北。

但是，实际上名气并没给童年的骆宾王带来什么。虽然他本身是个小童星，他父亲又是个县令，但是，父亲在他很小的时候就离开了他。在古代，孩子失去了父亲意味着承受困苦和贫穷。

好在困厄给了骆宾王更多的动力，让他没有像历史上太多神童那样迅速沉沦甚至泯灭。他二十二岁那年，参加了公务员考试。在初唐，这种叫科举的考试制度还是个新鲜玩意，很不完善。虽然当时科举不是唯一出路，却也让不少小官二代成功逆袭成大官一代。

但是很可惜，骆宾王这个小官一代没能通过考试。相比较王勃早年的顺风顺水，骆宾王实在是略显坎坷。

在当时，曾经有人采访同是"初唐四杰"，排名第二的杨炯同志：杨炯先生，现在业内称您和王勃、卢照邻、骆宾王为文坛四杰，最广为流传的排名是王杨卢骆，将您排在第二位，对此您怎么看？

嗯……这个，我对位居卢照邻前面感到十分羞愧，但是作为一名实力派，我很不满足位居王勃后面，就是这样子，谢谢大家的支持。

王勃这样的少年偶像，骆宾王比不了。但是，好歹是个四分之一，就在骆宾王即将跌入人生低谷的时候，他遇到了一个土豪，道王李元庆。

在唐朝，总有土豪愿意结交文艺青年，土豪们时不时抱着他们的大腿来一句：文青，我们做朋友吧。如果是现代人，会将这句话简称"文做朋"，但是古人用"礼贤"两个字更加精确地概括。

后世的李白、杜甫这些人通常会对这些土豪说一句"放手！"但是对骆宾王来说，勉为其难地答应，还是蛮写意的。

就这样，道王李元庆就在王府里给骆宾王安排了个"职位"。不管怎么说，好歹也是公务员，有编制的。

说起来，骆宾王和王勃都是王府里当差的，但是前途大相径庭。王勃的老大是李贤，当朝高宗皇帝的儿子，说不定就是未来的皇上；骆宾王的老大是道王李元庆，高宗皇帝的叔叔，怎么的皇位也轮不上。在道王府混，不考虑转型，只有饿死的命——在唐朝，王府当差有期限，四五年内要么升迁、转型，要么回家重新参加公务员考试或者等机会特招。

期限满了，道王也想好好栽培下这个小青年，想让他好好在仕途上有所作为。在唐初，很多南北朝的不良习气依然存在，想干得好，不炒作是不行的。但是，骆宾王自有看法，

毕竟身为一个文青，最起码的节操还是要有的。对于未来的方向，骆宾王选择了低调从政，在太常寺（掌管）做了奉礼郎，用现在的话说，就是在中央做了司仪。

这官也不咋地，没多久，骆宾王也就厌倦了。加之官场险恶，骆宾王被逼无奈之下，只好到西域的边防部队从军，做了一个文书。这一年是公元670年，咸亨元年。这年的年号很有意思，每次看到总想起一个叫孔乙己的人，闻到一股子茴香豆配兑水黄酒的气味。

伴随着当时唐军的开疆扩土，骆宾王的悲剧开始上演了。这个悲剧，来自一个女人的理想。

公元676年，唐帝国改年号仪凤，此时，唐高宗幕后的女人已经慢慢走向历史的前台，开始为了自己的梦想而努力。早在公元674年，她就借着皇帝的旨意，给自己封了一个非常阔气的称号——天后。当然，她的丈夫称号略微更高一点，不然也不合适。这个称号不仅阔气还挺洋气，叫天皇。

此时唐朝的疆域空前扩大，军界不少人才开始得到重用。公元678年，骆宾王也回到了他许久没有重游的长安，再次任职于中央。没多久，丰富的社会阅历加上一贯来的文学修养，骆宾王为吏部侍郎裴行俭创作了惊世骇俗的诗作《帝京篇》。在当时，没有人能写出这样有气势的文字。

　　　　山河千里国，城阙九重门。

　　　　不睹皇居壮，安知天子尊。

　　　　……

这首划时代的诗作，也成为了骆宾王的政治资本，他一路飙升，做上了侍御史，负责监察、弹劾，整理一些奏折，也算是个有头有脸的人物。

辉煌的背后，是悲剧的开头。看着高宗皇帝逐渐退居二线，皇后武则天的权力如旭日东升，骆宾王心里不是滋味。按照闻一多老先生的话说，这个人，还是比较喜欢管闲事，喜欢打抱不平的。

骆宾王没事就上书弹劾人，甚至还直接将矛头指向天后武则天：天后千岁，不带这么玩的。妇道人家，还是别玩政治的好，政治这玩意，险恶啊。

武则天呵呵一笑：你晓得政治险恶，还来撞钉子，你谁啊。

第二天，骆宾王家里来了几个干警和审计人员，假惺惺的一番调查之后，以巨额财产来路不明的罪名将骆宾王"依法"逮捕。最后，以贪污的罪名，判了个牢狱。

此时，已经是深秋时节，唐朝的气候偏冷，狱中的滋味想必是不好受的。那些最后的蝉，努力地想叫完最后的一点温暖。

蝉，古人很纳闷这玩意吃什么。我们现在知道，这玩意是吸食植物的汁液来生存，我记得我小时候把蝉放在西瓜上，它就伸出管子吸食西瓜汁。但是古人的想象力毕竟还是很丰富的，古人认为蝉吸食的是甘露，并把蝉作为高洁、清廉的象征。

于是，伴随着蝉声，骆宾王的思绪，也逐渐清晰起来，在这个深秋的傍晚，一首精妙的五言律诗，开始在余晖中慢慢清晰起来。骆宾王沉浸其中，努力地寻找诗的踪迹。

西路蝉声唱，南冠客思侵。
那堪玄鬓影，来对白头吟。
露重飞难进，风多响易沉。
无人信高洁，谁为表予心。

江湖险恶，人心难测，谁能料到兢兢业业的侍御史会沦

落成一个贪污犯呢？

但是，骆宾王还是幸运的，第二年，因为英王李显（就是王勃《檄英王鸡》的那个英王李显）被封为太子，大赦天下，骆宾王得以出狱，随后被派往临海县（今浙江临海）出任县丞，相当于现在的副县长。

从中央大员到囚犯再到副县长，这谁受得了？在临海县待了没多久，骆宾王带着家小移居广陵（今扬州），貌似过起了与世无争的生活。

大人物不会去过分地在意这些个体，武则天的梦想和野心已经昭示在所有人面前。公元 683 年，高宗皇帝去世，李显即位，武则天成为帝国的实际统治者；公元 684 年，李显被武则天废黜，立李旦为帝，这一年，接连换了三个年号，武则天已经可以在政治上为所欲为。

唐朝建国的一些勋贵后代，坐不住了。这年九月，开国功臣徐世绩的孙子李敬业（赐姓国姓），在扬州起兵，公开反对武则天的"胡作非为"。于是，骆宾王再次出现在历史的前台——成为李敬业的文书。

在李敬业的授权下，一篇洋洋洒洒的《代李敬业传檄天下文》问世了。

当李敬业的军队一夜之间发展到十万的时候，武则天也几乎在一夜之间读到了这篇宣战书。

"入门见嫉，蛾眉不肯让人；掩袖工馋，狐媚偏能惑主。""人神之所同嫉，天地之所不容。""暗鸣则山岳崩颓，叱咤则风云变色。""一抔之土未干，六尺之孤安在？""试看今日之域中，竟是谁家之天下。"

骆宾王一肚子的怨气似乎全部释放，就连武则天读到这些名句，都为这其中的气势所动容。她并不气愤，非常从容地问道：谁写的？

底下人回答说：骆宾王。

有这样的人没有被我所用，简直是宰相的失职。可惜了，可惜了。

李敬业毕竟斗不过中央，武则天大手一挥，李唐宗室李孝逸带着三十万大军进攻扬州。十一月，义军彻底溃败，李敬业为部下所杀。

胜利的中央军带着叛军主要人员的首级，回到了长安，这其中，就包括了骆宾王。但是，总有人觉得这个骆宾王的首级并不像真的，总给人一种杀了其他人冒名顶替的感觉。

但是，历史的车轮不是一两篇文章所能改变的，再说，就算假的骆宾王死了，只要武则天说假的是真的，那么，真的不也不存在了吗？退一万步说，就算骆宾王还能继续做他的文人雅士，他在与不在，武则天的梦想，终究还是会实现。

有人问过武则天：你那么爱杀人，就不怕哪天没人愿意为你效力吗？

武则天依旧很从容，说：飞蛾就算知道灯火没有纱布照着，也会去扑火。

骆宾王的故事说到这里，似乎到了终点。

很多年后，武则天已经如愿以偿地称帝，在位多年了。一个叫作宋之问的年轻官员，因为种种原因遭到贬谪，在途中暂居在杭州灵隐寺。宋之问也是个诗人，靠着一手文字，阿谀奉承，讨好女皇和她的男宠、亲信，也算混得开。在灵隐寺这样的好地方，宋之问也想留下一两首诗。

作诗，需要的是感觉，要沉浸在一个氛围中，慢慢地寻觅。这一点，是宋之问这些笔杆子不能体会的。苦思冥想之下，宋之问在走廊踱步，慢慢哼出了两句：鹫岭郁岧峣，龙宫隐寂寥。到这里，他的思维枯竭了，反复地哼唱，就是无法找到合适的下句。

这时候，他不觉已经走到了一个禅房，里面坐着一个老态龙钟的和尚。老和尚正在坐禅，倦意也很明显，上下眼皮似

乎都有些打架。和尚看到宋之问，问道：大半夜了，小伙子怎么还不睡，到处乱跑，哼哼唧唧搞什么玩意？

我想为灵隐寺作首诗，才哼了两句，卡住了。

老和尚不以为然地笑了笑，问：哪两句？

鹫岭郁岧峣，龙宫隐寂寥。

老和尚笑了，随口说了句：你就接一句：楼观沧海月，门对浙江潮。

宋之问如获至宝，接着老僧的指点，继续哼唱说：

桂子月中落，天香云外飘。扪萝登塔远，刳木取泉遥。云薄霜初下，冰轻叶未凋。待入天台寺，看余渡石桥。

但是整首之中，最为潇洒雄浑的两句，还是那个老和尚的句子。第二天，宋之问再去那个禅房，打算拜访那个老和尚，已经找不到了。

宋之问很好奇，就问寺里面的其他僧人这个老和尚的来路，别人要么笑笑不说话，要么告诉他：这个老师父俗姓是骆，当初李敬业兵败的时候，一路逃到我们寺里面出家的！

《登幽州台歌》

——富二代的穷途末路

四川，天府之国。唐朝初年，在今天的四川遂宁，有一户富庶的陈姓人家。在唐高宗年间，这家生了个小孩，名叫陈子昂。

这户人家不得了，当初南北朝的时候出了一个郡司马，到了陈子昂父亲这辈，家境越来越好。有一回县里头发生饥荒，他家不仅没事，还拿出了一万石粮食帮助政府救济灾民。

可惜的是，这个叫陈子昂的富二代，很不成器。他十七八岁的时候，还没有去公立学校正式上学，整天和社会小青年厮混，用现在的话说，就是个古惑仔。按照当时世家大族的规矩，这个年龄应该早就送到县里头的官方学校读书了。

出来混，迟早是要还的。十八岁那年，陈子昂砍了人，好在没什么大事，家里又有点势力，陈子昂免了牢狱之灾。这下，他觉醒了，混下去没好下场，所谓浪子回头金不换，当即和家里人商量——我要上学！不仅如此，他还跟之前的狐朋狗友断绝了联系，一心一意地好好学习，天天向上。

这人要是聪明啊，你都恨。陈子昂十八岁才去官学上学，没几年，已经是文采斐然，连当地的教师学究都自愧不如。二十岁那年，也就是公元 679 年，陈子昂顺利地考进了当时的最高学府国子监。国子监，今天北京大学的前身，在当时是世界顶级的学府。

可是，第二年参加科举考试的时候，陈子昂却没考上。

在初唐那时候，想在文坛混，陈子昂年龄有点大了。你看，王勃、骆宾王什么的，出道的时候才多大，陈子昂这时候都已经二十多了，要是想赢得声誉，得想个法子出去炒作炒作。

陈子昂果断回到家里，埋头苦干，准备一朝成名天下知。二十三岁那年，陈子昂再次进入长安，做了"长漂"。但是他不怕，家里有的是钱，不愁吃喝，带的活动经费也足够了。

也是天意啊，这时候京城正好有一个人在卖琴，那张琴价格高达百万。好多富豪名流都在围观，等着哪个冤大头把琴买了，然后弹一首来听听。陈子昂想都没想，进了市场就把这琴买了，用一千串铜钱高价买下来了。每串铜钱，折合算下来是一千钱！

这些富豪名流傻眼了，这土豪谁啊，这么阔气。陈子昂不仅买了琴，还高调宣布：弹琴这事我擅长，明天，我请大家到长安宣阳里（长安的高档生活区），听我抚琴！

第二天，这些富豪到了宣阳里，发现不仅座位安排妥当，还有好酒好菜款待。小伙伴们惊呆了，陈子昂出来了抱着琴。

底下掌声如雷，陈子昂却示意大家淡定，当掌声停止的时候，陈子昂把琴高高举过头顶，往下一摔……碎了。

底下有人不服：我……你就让我看这个？

陈子昂表现得义愤填膺，说：唉！什么世道！我陈子昂有一百多篇好文好诗没人欣赏，一说弹琴这么多人来围观！不懂欣赏啊！说完，就让书童把连夜誊抄的文章发了下去。

当时参与这个事情的，有一个牛人，叫王适。这个人有多牛，现在已经难以考证，总之官不小，对陈子昂这些诗文中的《感遇三十八首》评价甚高，说：这小伙子有前途，是我们中国文坛的希望，早晚要成为全国顶级的文学大师！

就这样，陈子昂一炮打响，红遍京城，进而红遍全国。第二年，他在科举考试中大放异彩，考上了公务员。

不得不说，陈子昂还是比王勃等人会钻营，会玩把戏。这样的人在政治上自然也是得心应手，此时正值高宗去世不久、武则天逐渐为自己登基创造舆论和条件的时候，靠着巴结武太后，陈子昂慢慢地爬了上去。到武则天登基的时候，他已经混上了麟台正字，相当于皇帝的秘书长。

但是，陈子昂还是没有体会他早年的教训——出来混，迟早是要还的！如果说混社会这句话是句号，那么混政治这句话就必须是感叹号。陈子昂的仕途坦荡得让他有些忘乎所以。

当时，武则天没事就喜欢问问身边的人：你们这些小同志啊，可以自由一点嘛，对国家政策有什么建议和意见，都可以提嘛。

陈子昂太高调了，动不动来个"我来说几句"。实际上，早期武则天还听得进去，觉得这小伙子挺上心，时间久了……也就那么回事了。

陈子昂的仕途出现了停滞，越是这样，他越想给中央提意见，越提意见别人越烦……他就在这个恶性循环中反复轮回，加上高调的处事方式，陈子昂得罪了多少人，我估计他自己都数不清。或者，他根本没有意识到。

时光如梭，岁月如歌，当初百万买琴的风波已经化作微微风簇浪，街头巷尾早就有了新的奇闻异事。这段时期，陈子昂母亲去世，辞官回去守孝。武则天虽然有着一颗汉子的心，但毕竟是个女人，她执政期间，非常强调儿女要孝顺母亲（不仅仅是孝顺父亲哦），看到陈子昂这样，她很高兴，就提拔陈子昂做了右拾遗。

右拾遗是什么官呢，是言官。什么是言官呢？就是监察所有政府工作人员的官吏，负责检举一切政府工作人员的违法乱纪行为——包括皇帝！所以这个官虽然不大，但是权力还是可以的。尤其是明朝的言官，那真的是连皇上都头疼，动不动就否决圣旨。

但是吧，也确实得罪人。守孝期间的陈子昂或许也有些明白了，所以一直向上级申请调职，换个单位。

正好，契丹独立势力跟中央杠上了。万岁通天元年，公元696年，武则天派遣她的侄儿武攸宜率军平定以契丹首领李尽忠、孙万荣为首的"一小撮"契丹独立分子。陈子昂看到了机会，立马向朝廷请求，从军当个参谋文书什么的。

就这样，陈子昂摆脱了秘书、言官生涯，开始在军界混。唐朝和宋朝不一样，宋朝军界混不出名堂，但是在唐朝，军界待遇那是相当了得。

事与愿违，陈子昂刚刚到渔阳（今天津一带）前线，就听说政府军首战失利，前锋部队大败而归，军中士气低落。最要命的是，武攸宜简直是一副漫不经心的样子，不去安抚士气，也不打也不招降，整天不知道干吗。作为军中的参谋，陈子昂向武攸宜提出了建议：

皇上把军队交给您，国家的安危、战争的成败都仰仗将军，您好歹负点责任吧？都什么时候了，军队纪律您没起草，这打仗不是闹着玩！我跪求您老人家根据各级指挥员的作战素质、全军的士气情况以及我军现阶段的兵力战斗力，组织优势力量，进攻敌人防线的薄弱环节，洗刷先遣部队出师不利的耻辱。

最后，陈子昂甚至主动请缨：您要是信得过我，就让我带着万把人再去进攻，抓几个契丹的头子过来。

武攸宜左耳进右耳出：书生，还玩军事，搞笑。

陈子昂老毛病又犯了，接连几天向武攸宜提建议。武攸宜火了，这唐朝的将军自主权很大，将在外，人事调动自己做主。管你陈子昂在朝廷多大官，这时候说贬就贬。这一下就四品大员降到了七品不到，陈子昂心灰意冷。

虽然说陈子昂巴结领导，喜欢表现，但是怎么说也是个文青，心情不好，自然想出去走走。

当时渔阳附近有个著名景点，叫幽州台。这是战国时期，燕昭王为了招揽人才而修筑的，因为当时前往燕国的牛人都到这个台上领取黄金，所以也叫黄金台。这些牛人当中，最值得一提的，当然就是乐毅了。

乐毅何许人呢？这么说吧，诸葛亮牛吧？诸葛亮没出山的时候，整天自比管仲、乐毅。乐毅，那是贤人的代名词。

其实乐毅出身很一般，但是在黄金台上受到了燕昭王的赏识，被任命为大将，组织各国联军讨伐齐国。最后打得齐国只得龟缩在仅有的两座城中，其余均被以燕国军队为首的多国部队占领。

人比人气死人，陈子昂这时候去幽州台，简直是找打击。果然，在幽州台上，陈子昂心里很不是滋味。

凭什么，人家乐毅就能有领导重用！凭什么，我提几个建议都有人烦！

此时此地又是战乱，虽然是国家级旅游景点，但是游客寥寥，甚至连周围的居民都是逃亡的逃亡，失踪的失踪。陈子昂在台上，只能看到一望无际的华北大平原。放眼望去，几乎都看不到人烟，只有天，只有地。

乐毅，呵呵，最后不也没了吗？跟天地比起来，人，好渺小。

陈子昂，嘴里慢慢地哼出了几个句子：

前——不见——古人，

后——不见——来者。

念——天地之——悠悠，

独——怆然——而涕下。

这么多年，写诗为了名誉，写文为了工作。很难得，陈子昂真正有了一首属于自己的好诗。

这之后，陈子昂开始变得低调，再也没有提过什么建议，仿佛在政坛上消失了一样，虽然在朝廷上，他还有个右拾遗的职位。

圣历年间（698年到700年五月），陈子昂的父亲去世了，按照规矩，他得请假回家守孝三年。这一次，他的麻烦来了。

守孝三年，都相安无事，眼看着守孝期快满了，就要回去继续当他的右拾遗的时候，当地县令找上门了。强龙敌不过地头蛇，县令耀武扬威，开门见山：你们家蛮富裕啊，有意思，有意思。但是这家境富裕，有时候也是麻烦，陈拾遗您说是吧？

或许这种事情，陈家见怪不怪了，无非就是要保护费嘛。陈子昂也不多说，给了他二十万串铜钱，也就是两亿钱。

结果县令当即派人把陈子昂给拿下了，这可说不清，巨额财产来路不明，该当何罪？

就这样，陈子昂稀里糊涂地下了狱。在监牢中，他给自己算了一卦：凶！

在巨大的心理压力下，陈子昂走到了生命的尽头。此时，他还是一个右拾遗，一个小小的县令，怎么就敢去勒索，然后将他捉拿呢？最耐人寻味的是，陈子昂在狱中不明不白地死了，朝廷也没有追究。

为什么呢？

因为出来混，迟早是要还的……

《望月怀远》

——盛世宰相的浪漫

其实，动笔写这一章，我是很踌躇的。一方面《望月怀远》是我非常喜欢的诗，也是千古名篇。但是另一方面，作者张九龄作为唐玄宗早期的盛世宰相，也没那么多倒霉的故事拿出来让大家开心。

那么，写一段风格有些迥异的文字，我想大家也不会介意吧。

张九龄，他的职业是国家高级官员，宰相，相比那些地沟油命操中南海心的，他是非常幸运的。他出生在今天的广东省韶关市，也是唐朝唯一一个出生在岭南的宰相。

当时的广东可不是四大一线城市占了两个的超级强省，相反，却是被中原江南认为一片蛮荒的不发达地区。但是，张九龄的家世显赫，顶着个张良后代的牌子，加上勤奋好学取得的进士学历，在唐朝那个辉煌的时代，他仕途上一直没什么太大的波折。

但是，这个盛世宰相也难得有这一首浪漫的作品。

海上生明月，天涯共此时。

　　我们可以想象，张九龄站在广州的海边别墅里，对着海上缓缓升起的月亮，慢慢地哼出这句绝唱。

　　　　情人怨遥夜，竟夕起相思。

　　他还坚信，远方那个他思念的人，此时也看着月亮，并且感叹夜的漫长，也开始想念身在远方的他。

　　　　灭烛怜光满，披衣觉露滋。
　　　　不堪盈手赠，还寝梦佳期。

　　文艺青年总是那么有情调，在这个海边别墅中，为了更好地欣赏月色，竟然灭了蜡烛，披在身上的衣服依稀有了露水。其实不才当初也这么尝试过，灭了灯靠月光看书，但是每次都在老妈的吼声中结束。

　　但是张九龄不仅仅满足于欣赏，他还想抓住一把月光带回去，给他思念的人看看。但是月光怎么可能留得住呢？他只能选择睡觉，希望在梦里看到他们相聚的日子。

　　嗯，很浪漫，但是我想很多人都一定在揣测，张九龄他思念的人是谁呢？是老婆？是小老婆？还是长安某高档会所的女公关？

　　我这个人吧，有个毛病，喜欢把大家的三观放在一个锅里，然后我抓着锅柄颠来颠去。当然，时不时也会洒出一点节操，掉在地上零零碎碎的（注意不是满地节操）。我上一部作品《战匈奴——趣说汉匈百年战争史》中，就毁了霸王别姬这个唯美的故事（想了解详情就去买一本，我可不剧透）。现在，我要毁掉你们的猜测。

　　根据一些证据推测，这首《望月怀远》的创作背景，应该是这样的：

　　开元四年（716 年），还是唐玄宗秘书的张九龄得罪了宰相姚崇。国家元首的秘书得罪宰相,胆子很肥。可惜老板也不给他这个秘书面子,张九龄只得找个借口,回老家广东避一避风头。

回去的路上,路过五岭中的大庾岭,这一路上的山歌有没有串对串不晓得,反正这里的山路十八弯,这里的水路九连环。一到家,张九龄立马上书给朝廷,强烈建议在大庾岭中修建一条宽阔的公路,造福岭南人民,并且递交了修建计划的草案。

朝廷一看到这个议案,立刻同意了。其实在当时,岭南道(道相当于现在的省,不过比现在的省大不少)的地位也确实逐渐发生了变化。因为当时广州的海上贸易已经非常发达,岭南的经济地位逐渐凸显,横亘在中原和广东之间的大庾岭早就有了开通新道路的必要。

没多久,张九龄就成了这项工作的负责人,亲自出面修建这条国道。工程的重中之重就是在大庾岭修建一条发源于梅关(今广东江西交界处)的山路,全长十几公里,工程难度可以说是世界罕见。在这一路段,张九龄更是亲自勘察参与建设,第二年初,张九龄主持修建的大唐京广线全线通车,皇帝唐玄宗代表朝廷予以深切的问候与嘉奖。也就在这一年,表面上依然没有什么官衔的他,与朋友一起来到了广州。

也就在这段期间,他创作了《望月怀远》。他想念的人是谁呢?还用说吗,就是那个远在长安的唐玄宗啊!

那一年,唐玄宗还没有爬灰。这个雄心勃勃的君主,不会忘记这个同样雄心勃勃的小秘书。或许自古以来,老板和秘书的关系都比较密切,不管是女秘书还是男秘书,当然了,男秘书的话,关系更多是体现在工作上。

唐玄宗也确实没有忘记这个有功之臣,开元六年(718年)初,张九龄就因为主持修建京广线有功而被再次调入中央,之后的仕途稳稳当当。

好吧,写到这里,想必不少腐女已经想得很歪了。实际上,在古代用暧昧的辞藻比喻君臣关系的作品比比皆是。最

早的就是《离骚》，屈原用了大量暧昧的语言，什么"惟草木之零落兮，恐美人之迟暮""众女妒吾之蛾眉，谣诼谓余以善淫"，这些其实都是暗示君臣关系的。当然近现代也有专家教授说屈原就是个同性恋——专家的境界，抱歉我达不到。

当然，同性恋在古代并不少见（也不多见），明代的冯梦龙撰写过一本书叫《情史》，其中第二十二卷叫《情外类》，总结了明代以前有记载的各类男同故事，我怎么找也没找到张九龄和屈原两个。

如果说大家还将信将疑的话，我再举个例子。辛弃疾也有一首唯美的词，《青玉案·元夕》，也堪称千古绝唱。

东风夜放花千树，更吹落、星如雨。宝马雕车香满路，凤箫声动，玉壶光转，一夜鱼龙舞。

蛾儿雪柳黄金缕，笑语盈盈暗香去。众里寻他千百度，蓦然回首，那人却在，灯火阑珊处。

这首词更暧昧，不仅一个举止不俗、喜好安静的白富美形象跃然纸上，更重要的是，元夕，也就是元宵节，也是古人的情人节。

但是，辛弃疾这样开了外挂一样的铁血硬汉，也会倒在温柔乡？显然不是，必然不是。表面上看写的是一场约会，实际上也确实是约会，但是约会的对象是心中的梦想。

也有观点认为，这首词写的是辛弃疾接受南宋孝宗皇帝的接见。这个观点也不无道理。"宝马雕车香满路"，很可能就是描写临安城中元宵之夜皇帝的出行。而后面的"蛾儿雪柳黄金缕"，也确实像是宫娥、妃嫔的装束。之后在"灯火阑珊处"的"那人"，或许就是在某个僻静角落里，等待接见主战派官员的宋孝宗皇帝。

我并不是说，古代的诗里头没有爱情。但是，很多看起来像爱情诗的爱情诗，确实不是爱情诗。当然，我们这些后人拿这些诗当爱情诗在异性面前装文艺，还是可以的。

《芙蓉楼送辛渐》

——三个文艺青年的风花雪月

话说在开元年间，有三个非常有名的文艺青年，他们分别是王昌龄、高适、王之涣。这三个人在当时都处在人生的低谷，说得好听点叫山野遗贤，讲得难听点就是无业游民。

但是这些货真价实的大唐文艺青年不会因为工作或者仕途而过分烦恼，那年头虽然没有稿费、版税什么的，但是卖文章的收入也确实不低。比如说后世的韩愈，据说他的一篇碑文能卖到二十万的高价。我们现在说稿费叫润笔费，就是起源于隋唐时期。这三个人的诗，在当时被拿去谱成曲子四处传唱，估摸着多少也是有点经济效益的。

有钱又没活干，干吗呢？旅游呗！古人的旅游跟今天不一样，我们今天坐车走马观花几天就能玩遍一个地方。对古人来说，旅游意味着要在某地住上一段时间，一路上也会耗费很多的时间。总之，某个早冬时候，这三个诗人同时出现在某个城市。

在那时候，他们多少也算是公众人物，大家都是没考上政府企事业单位编制的"待业知识分子"，相互之间肯定是惺惺相惜。既然大家有缘凑到一起，干脆聚一聚吧。

不知道是谁的提议，总之在一个下着小雪的天气里，他们选择在某个旗亭聚餐。

旗亭是什么呢？旗亭起源于汉代，是城区集市上最高大的建筑。它的作用有三个：第一，标明市场的方位，是地标性建筑；第二，最高层设置官吏，俯察市场的动态，方便指挥城管人员管理；第三，利用悬挂旗帜、敲锣打鼓等方式，宣布开市和罢市的时间等通知。

但是在唐代，旗亭的作用发生了很多的变化。除了依旧是地标性建筑外，其他的都变了。旗帜和敲敲打打已经成了商业广告，在旗亭上班的人员也从政府人员变成了商人——说白了，旗亭就是唐代的高档娱乐会所。

这三个人在旗亭楼上的大厅里找了座位坐下，点了菜，点了酒。桌子下面还有小火炉，三个人有吃有喝谈笑风生，各种快乐。

突然，楼下传来了喧闹声。不一会儿，上来了十几个歌舞艺人。这三个小伙子也是见过大世面的，一看这架势就知道——这肯定是政府某文工团的公款消费活动。这些人可不是一般的歌舞演员，是伶官，有政府单位编制的，好多还有品级。

三个人只好回避，但是又想看他们搞文艺会演，不愿意走，只好抱着小火炉到了不起眼的墙角里，偷偷地看。

不一会，又来了四个女神级别的歌妓，穿得奢华时尚，还化着浓妆，后面还带着乐队。看来是要搞内部文艺表演了，三个小青年睁大眼睛、竖起耳朵。

第一个歌手开始演唱，一边唱还一边用节（某竹制打击乐器）打着节拍："寒雨连江夜入吴，平明送客楚山孤。洛阳亲友如相问，一片冰心在玉壶。"

这首诗就是王昌龄的《芙蓉楼送辛渐》，王昌龄得意了：这首歌的歌词怎么写得这么好呢，好像在哪看过啊。嘿嘿，唱了我的一首了啊。一边说着一边在自己那边的墙上划了一道印记。

唱完了，主持人开始报幕：下面请欣赏歌曲，《哭单父梁九少府》。

"开箧泪沾臆，见君前日书。夜台何寂寞，犹是子云居……"

哈哈，我也有一首了。高适也在墙上划了一道。

主持人再一次报幕：下面继续歌曲表演，《长信怨》。

"奉帚平明金殿开，且将团扇共徘徊。玉颜不及寒鸦色，犹带昭阳日影来。"

王昌龄得意了：哈哈，我的又来了。没办法，人气摆在这。说着又在墙上划了一道。

之后，王昌龄和高适用诡异的眼神看着王之涣："老王，你不是一直说你人气很高吗？"

王之涣也觉得不对劲："是啊，不科学啊，我的代表作《登鹳雀楼》，也就是那个'白日依山尽'，小孩子都会唱啊。"

王昌龄和高适纷纷表示"呵呵"。

王之涣很没面子，急了，说：这几个都是不出名的草台班子出来的，刚刚混进文工团，也就唱点"动次打次"的通俗歌曲，不入流的。像我写的那种高雅的歌词，她们唱不了。

说完，王之涣看到即将上场的最后一个歌妓——嚯！女神！那长相、那举手投足之间，那种淡定从容，一看就是巨星范儿，绝对拥有非常多的舞台经验，百分之百是这个文工团的台柱子。

王之涣豁出去了：今天这个压轴的美眉如果唱的不是我的诗，我从此淡出文艺圈，再也不写诗跟你们抢生意。要是她唱的是我的诗，不好意思，你们拜我为师吧……

但是大牌总是大牌，所谓"千呼万唤始出来"，那美眉始终在后台化妆，就是不上去。高适、王昌龄就在那一个劲儿地损他。

就在三个人互相损的时候，美眉已经搞好了造型，梳着非常美丽的双鬟登台了，只听她唱道："黄河远上白云间，一片孤城万仞山。羌笛何须怨杨柳，春风不度玉门关。"

果然是王之涣的作品，《凉州词》。

王之涣得意了，也松了一口气（毕竟牛已经吹出去了），哈哈大笑：怎么样，你们两个没见识的乡巴佬。听见没，看见没？唱我作品的绝对都是大美女，绝对都是压轴表演。我没说错吧？

笑声响彻整个大厅，这些伶官也注意到了角落里的三个小青年。于是一群美眉站了起来，围过来问："你们三个小青年在这干吗呢？笑得这么开心，没见这边搞内部文艺会演吗？"

王昌龄急忙解释道：呃，不好意思，我们三个刚刚有些激动。

激动什么啊，没见过美女啊！

不是不是，是听见四个演员唱歌正好唱的歌词都是我们的作品，有点小激动……

古代没有电视机，要想知道名人长什么样，除了见面以外只能看那些画得实在不咋的的画像。所以这些地方文工团的演员不认得这三个人是很正常的。

但是王昌龄这话一说不要紧，这帮子演员听说三个大神就在眼前，立马激动起来：我们差点没认出来你们这些大神！别嫌弃我们这些低级官妓啊，一起吃饭吧！

于是三个人非常高兴地答应了她们的请求，在美女的簇拥下整整嗨皮了一天。

（我！也想要这样的待遇！唉，级别还不够啊……）

以上故事纯属唐朝小报消息，如有雷同，纯属巧合。

后来王昌龄四十岁的时候中了进士，混上了仕途，可惜不仅几次贬谪，安史之乱中还稀里糊涂地被老家的刺史给杀了。王之涣一直没参加科举，而是就在基层当了小公务员，后来混上了文书，最后也混上了县尉（县公安局局长）一职，一辈子还算安稳。

至于高适嘛，后来参军了，在军界、政界、文坛混得都很开，最后在安史之乱中屡立功勋，封渤海县侯，是盛唐唯一一位封侯的诗人。他的故事，后面会单独说。

这个时候，也就是古代唐诗研究者们说的盛唐时期。盛唐不是因为唐朝国力的繁盛而叫盛唐，而是因为诗歌的繁盛。众多大家，依次登场了。

《岁暮归南山》

——隐士的心思你别猜

孟浩然，这个名字估计大家都很熟。"春眠不觉晓，处处闻啼鸟。夜来风雨声，花落知多少。"这首诗估计大家从小学甚至幼儿园起就会背了。

但是，有谁知道，这个叫孟浩然的人，在历史上其实连名字都没留下呢？

画外音：呃！那孟浩然这三个字是怎么回事？

孟浩然的原名已经没有人知道了，浩然只是他的字，他的名已经湮没在历史的长河中。相比较那些多少有过政治生活或者接近过政治生活的诗人来说，孟浩然实在显得有些寒酸。

孟浩然出生在公元 689 年，家族还算有点势力，一个典型的地主阶级书香门第家庭。可惜，他出生在襄樊。因为唐朝之前是隋朝，隋朝之前是南北朝。唐朝夺了隋朝的位置，隋朝继承于北朝，所以像他这种南方的世代知识分子家族出身的，唐朝多少有点忌讳。

但是有一种人，无路可走依然有路可走，这种人叫隐士。当然隐士不一定是穷困潦倒的人，唐伯虎的《桃花庵歌》大家可能都熟悉，看起来"若将显者比隐士，一在平地一在天。若将花酒比车马，彼何碌碌我何闲。"很潇洒，实际上他更潇洒。因为，这个桃花庵在桃花坞，桃花坞在苏州主城区……人家在主城区搞了一个老大的私人庄园，能不开心吗？

孟浩然则选择了相对偏僻的地方隐居，这个地方叫鹿门山。鹿门山也算名胜，东汉末年，一个叫庞德公的名人也曾经在此隐居。东汉那会儿，隐士可就真的是过清贫日子了，庞德公为了生计，在鹿门山上采药。当时和稍晚一点跟庞德公一起隐居的好多人都出了名，比如说司马徽啦、诸葛亮啦、庞统啦什么的。甚至于诸葛亮、庞统他们的绰号"卧龙""凤雏"都是庞德公起的。荆州军阀刘表曾经几次请庞德公出山，庞德公就是不干。

隐士的心思总是让人难以捉摸。

这个隐居在鹿门山安心读书的小青年一点也不闲着，没事就去行侠仗义，做好事从来不留名。所以虽然史书上记载了他崇尚节义、助人为乐，但是没有举出具体事例。

好吧，如果说这个还算不矛盾的话，那么他其他的一些做法，就真的让人猜不透了。在开元四年（716 年）左右，孟浩然二十八九岁，一个叫张说的中央高官被调到岳州（今天的岳阳一带）当刺史。孟浩然也来到了洞庭湖边，给张说寄了一首诗。

八月湖水平，涵虚混太清。
气蒸云梦泽，波撼岳阳城。
欲济无舟楫，端居耻圣明。
坐观垂钓者，徒有羡鱼情。

虽然他是隐士，但是在那个唐朝最昌盛的时代，谁不乐意去政府企事业单位混个编制，一展雄图呢？但是种种原因，孟浩然不乐意去参加科举（后世的李白也是）。好在唐朝除了科举还有引荐这条路，实际上，盛唐的顶级文艺青年往往更倾向于这条路，因为这是个捷径。

所以，孟浩然才会说："欲济无舟楫，端居耻圣明。"他想去蹚政治的浑水，但是没有船没有桨，隐居起来又有点太对不住伟大光明的政府。所以嘛，看着那些在水边钓鱼的人，他也只能羡慕了。

张说买孟浩然的账了吗？没有。

孟浩然失去了第一次从政的机会，但是他也没怎么沮丧，带着一颗闲适淡雅的平常心，继续回到襄樊，隐居读书。隐士之所以是隐士，或许只在心境，而不是真的不问世事。不问世事的只能算出家，不能算隐居，只要有一颗平常心，就算身居闹市，何尝不是隐士？

就这样，又过了十几年，孟浩然已经四十岁了。"夜来风雨声，花落知多少。"岁月的流逝远比落花要无情，后世的元好问说过，四十岁了还没从政，就别从政了。孟浩然或许也有点感慨，就带了点盘缠，去了京城，打算参加一次科举试试。

可惜，他没考中。

但是科举毕竟不是唯一的出路。既然来到了长安，来到了祖国的首都，那么找人引荐，难度应该也不大。

在长安，包括未来的宰相张九龄在内的很多人都对孟浩然的文学作品给予了高度评价。有了这些关系，孟浩然找个差使似乎已经是铁板钉钉的事儿了。物以类聚，人以群分，孟浩然找到了同样喜欢山水田园诗，也同样喜欢隐逸生活的王维。

当时的王维只是个前任从八品的太乐丞（管理宫廷的礼乐），但是唐玄宗是个热衷于文艺事业的皇帝，对这些吹吹打打的事情非常感兴趣，所以王维还是时不时能跟皇帝有些联系的。

孟浩然来到了王维的家中，两人非常投机，毕竟在诗坛上两人的名字通常是并称的。就在孟浩然要送上他的作品给王维观摩的时候，门外一个高亢尖细的嗓音吼道："皇上驾到！"

命运似乎在此刻如此地垂青孟浩然。但是平白无故地出现在皇帝的面前又好像有点不合适，王维和孟浩然一合计，算了，先在床底下躲一躲吧。

唐代的床，和现在的床意义有点不一样。唐代那会儿桌椅虽然已经逐渐流行了，但是床作为一种多用途的家具依然存在，作用大致相当于今天的沙发、茶几、写字台……北方的炕估计大家就算在生活中没见过在电视上也见过，跟那差不多，上面摆有小案几，喝茶、写字、聊天都可以在床上，只不过是木头的，大一点，形状更像床和沙发的结合体。

孟浩然就躲在床底下。王维和皇帝寒暄几句之后，王维才问皇帝：陛下，有个大名人孟浩然来到京城，想从政，您听说了没？

朕还真想见见他，据说是个鹿门山的隐士。

于是王维告诉了皇帝实情，孟浩然从床底爬了出来。唐玄宗很开心，向孟浩然索要他的作品，说是想看一看。

这下不得了，只要被玄宗看上，起码在中央某部门做个文书是少不了了。于是孟浩然拿出了他的得意之作，《岁暮归南山》，亲自念给皇帝听。

北阙休上书，南山归敝庐。
不才明主弃，多病故人疏。
白发催人老，青阳逼岁除。
永怀愁不寐，松月夜窗虚。

从此，就别再给政府上书了，还是回到南山的小房子里去吧。我没什么才能，皇帝不要我，一身的病，跟朋友的交往也少了。新长出的白发越来越让我显老，岁末的阳光更让人感觉到时间的流逝。始终带着忧愁，失眠在所难免，窗外的松树、月亮，越发让窗户显得空虚。

诗写得很好，我估计这首诗是在被张说打击之后，回到襄樊的时候写的。南山，指的是孟浩然老家的岘山。但是，唐玄宗看了这首诗，心里却高兴不起来。

"不才明主弃……不才明主弃……"唐玄宗始终念叨着这一句，王维可能已经反应过来——这次戏剧性的面试，即将以孟浩然的戏剧性失败写进史册。

孟浩然啊孟浩然，你既不参加科举考试，也不到政府部门应聘，我什么时候嫌弃过你？你没到我这来，又何谈抛弃呢？你这不是诬蔑朕吗？

孟浩然有理也说不清，何况这个时候压根儿就不能反驳。他再一次失去了从政的机会，甚至失去了继续待在长安的机会。在唐玄宗的指示下，没有人追究孟浩然"诬蔑"皇帝的事情，但是他被勒令回到家乡。

回到鹿门山的孟浩然依然保持着宝贵的平常心，没多久，一个青年读者的来信，引起了他的兴趣。

这个读者，用一首五言律诗，表达了对孟浩然的敬仰："吾爱孟夫子，风流天下闻。红颜弃轩冕，白首卧松云。醉月频中圣，迷花不事君。高山安可仰，徒此挹清芬。"

孟浩然不仅诧异这个青年读者对自己的敬仰，更对这首诗的清新高逸非常感兴趣——如此功底和文笔，他也未必能达到。他看了下署名，两个字：李白。

没多久，孟浩然得到了这个粉丝的消息，亲自邀请他到自己鹿门山的住所，两人一起畅快地游玩了十几天。或许是受到李白那种浪迹天涯的浪漫情怀感染，孟浩然也决定，来一次人生中最大规模的旅行——到扬州去看一看，看一看江南的山山水水。

公元 730 年三月，李白和孟浩然相约来到了江夏，也就是今天的武昌。在黄鹤楼下，孟浩然乘坐一只帆船，顺江直下。年轻的李白看着渐渐远去的偶像，又作了一首诗——《送孟浩然之广陵》。

故人西辞黄鹤楼，烟花三月下扬州。孤帆远影碧空尽，唯见长江天际流。

孟浩然玩了一路，写了一路，最终还是回到了鹿门山。上天安排他生在人世间，就是让他当隐士，李白那样的生活，尝试下就够了。

后来，也曾有机会摆在孟浩然的面前，孟浩然都故意放过了。有一次，知名举荐人韩朝宗（李白都曾经希望得到他的举荐）找到孟浩然，希望他能和自己一道去京城。面对这样的机会，孟浩然也不好意思拒绝，只好暂时答应，约好了时间。但是到了既定的日子，孟浩然却喝得酩酊大醉。有人问他：你不是跟韩大人约好了一起去京城应聘吗？

孟浩然很淡定地说：既然喝成这样了，就别管其他的了。韩朝宗最后没能举荐孟浩然，孟浩然也没有一点后悔的意思。

与众不同的人往往连去世都别具创意。开元二十八年，也就是公元740年，王昌龄路过襄阳，前去拜访孟浩然。

五十二岁的孟浩然非常高兴，像个孩子一般，非要拉着王昌龄去吃海鲜、江鲜。最后因为海鲜过敏，导致背部生疮，不治身亡。

许多年后，依然有人记得这个隐士，比如一个叫杜甫的晚辈。"复忆襄阳孟浩然，清诗句句尽堪传。"古人有个习惯，就是称呼别人通常只称呼字，叫名那是不礼貌的（皇帝叫大臣都不能直呼其名，除非大臣有罪）。所以千百年后的今天，我们只知道唐朝有个孟浩然，却再也没有人知道，他到底叫什么名。

隐士最终还是隐士，虽然有名，却把自己的名隐没在了岁月里。

《使至塞上》

——不懂政治的有志青年

在两千多年前的古代印度，有一个叫维摩诘的菩萨。这个菩萨不是出家人，是个居士。他家里有家财万贯，奴婢无数，但是他依然潜心修佛，终成正果。

在一千多年前的唐代蒲州，一个笃信佛教的王姓家庭得了一个男孩，取名王维，成年后取字摩诘。

如果王维生活在现在，绝对是个拥有一大群脑残粉的超级巨星。诗文只是他众多技能中的一项，他在绘画、书法等方面都有着颇高的造诣，而他最为出众的技能是拥有的极高的音乐天赋。

开元九年，公元 721 年，年仅二十岁的王维就中了进士，而且还是状元。说是少年得志一点也不假，不仅被录取，还被安排了一个专业对口、他自己感兴趣的职位——太乐丞。

太乐丞，顾名思义，太就是和皇家有关的东西，乐就是音乐。换言之，他就是大唐皇家歌舞团的团长。当然了，没有现在歌舞团团长的职位那么高，他只有从八品。现在的少将团长搁那时候，至少有三品了。

可能大家会觉得，怎么会有这么好的事情？科举考试，考的是四书五经，那会儿又不兴填志愿，朝廷咋就知道王维爱干这个呢？其实说起来，这里头还真有内幕。

唐朝的科举制度还不像后世那么规范，虽说不是充斥了徇私和舞弊，但是人际关系对成绩的影响是非常大的。根据后世的记载，王维考试那年，发生了这样的事……

王维和"初唐四杰"比较像，成名很早，据说他九岁的时候就展现出了过人的诗文天赋。而他更因为音乐上的造诣名扬四海。在当时，有一个土豪级别的音乐发烧友——当朝皇帝的弟弟，岐王李范。

当王维这样年轻有为的资深音乐人来到长安，岐王李范能不欣喜若狂吗？于是岐王找到王维，对他说：

王维啊，你的诗写得不错，不如选一首你觉得好的，然后谱上曲子，送给玉真公主。

王维照做了，随后玉真公主在家里搞家庭音乐会，一群伶人演奏着王维谱写的新曲。

后面的故事可想而知，剧情俗套得可怕。公主自然就问曲子是谁写的，诗是谁写的，然后王维就站出来了，得到了玉真公主的大力推荐。

但是肯定有人会问，为啥要公主一个女流去推荐，而不是岐王自己去推荐呢？难道说唐朝女性的地位这么高？

其实这个问题很复杂，一个朝代初期发生的事情，会对后面的各种人物产生阴影。唐初太宗皇帝通过血淋淋的政变，弄死了自己的哥哥，杀死了自己的弟弟，还逼得亲生父亲退位。所以唐朝的皇室成员普遍有一种危机感，毕竟闹不好就是手足相残。玄宗之前，高宗之后，中宗、睿宗两人搞过来搞过去，中间还隔了个武则天。好不容易玄宗朝才淡定了点，这个节骨眼上，要是岐王去推荐王维，不是帮助他，而是害他——你要是玄宗，会重用对皇位有威胁者推荐的人才？

但是不管怎么说，王维中了科举，当了官，这就不一样了。那时候，伶人是不被看好的。"婊子无情，戏子无义"

这句话也成了俗语传到了现在。如果只是潜心音乐，醉心文艺，他顶多算个名伶，到头来还是下九流。

好在我们的主角王维还是个胸怀大志的人，没有"自甘堕落"，在职位上做得也有声有色，也想在政治上有所作为。可是，事情总是没那么简单。没多久，王维就被贬到济州当司仓参军，说白了就是到某个粮站看仓库去了。

按照后世好事者的猜测，可能是因为这个玉真公主饱暖思淫欲，看上了王维，而王维不喜欢她，娶了别的女人。

按照正史记载，是王维组织手下搞了次文艺会演的排练，舞了黄狮子。按照当时的律法，舞黄狮子是专门表演给皇帝看的，估计平时排练都要拿别的狮子代替。

如果真实原因是前者，那么就说明王维不会讨好女人；如果是后者，那就是说王维不懂政治。

到底哪种说法更靠谱呢？首先呢，这个玉真公主跟王维有没有关系，本身就捕风捉影。作为一个不愿意毁掉小清新的人，我更倾向于玉真公主跟李白是一对，与王维只是普通朋友。李白和公主的关系可谓尽人皆知，如果说公主吃王维老婆的醋，却又为何独独舍不得之后已经娶妻生子的李白？

其实真较真起来，王维和公主是不可能发生什么的，后面一节我会详细说明。

王维在济州粮站看了四年的仓库，之后果断辞职，回到了长安做起了"长漂"。然而，作为一个文艺青年，朝九晚五而又没有作为的事业单位实在不适合他。

他在这里欢笑，他在这里哭泣，他在这里活着也在这死去，长安，长安……

"长漂"期间，王维开始钻研佛教。没有了公务的繁忙，他也开始结交各地来的朋友。之前说的孟浩然的故事，也就大致发生在这个时候。

孟浩然回到了襄阳隐居，王维却依然想着有一番作为。

开元二十三年，执政多年的张九龄加封光禄大夫，并且被封为伯爵，事情似乎出现了转机。张九龄自身作为一个诗人，不会拒绝为同是诗人的王维的引荐。而此时的张九龄，也正处在人生的巅峰，与风华正茂的唐玄宗一起，成就了大唐最强势的一届政府。

果不其然，这一年，王维被朝廷重新起用，任命为右拾遗，官居八品。拾遗，就是言官，相当于皇帝身边专管监察的秘书。左拾遗官位高些，相当于正职，右拾遗官位低些，是副职。

没错，开元二十三年，是张九龄的巅峰时期，但是，巅峰之后，就是下坡路。买涨不买跌，王维这个靠山，选得有点偏了。就在第二年，李林甫逐渐走上政坛前沿，张九龄迁为尚书右丞相，免去了知政事。在唐代，很多时候官衔只是代表你享受的待遇，"知政事"这样的差遣才意味着你的真实身份。

张九龄，不再是执政者。同年，王维被任命为监察御史，依然是八品。不懂政治的王维，丝毫没有察觉政坛的风雨，相反，他沉浸在了一片欣喜之中。

也就在这一年，唐朝的死敌吐蕃武装入侵唐朝的属国小勃律国。这也为王维被排挤出长安，埋下了伏笔。日渐沉沦的帝国政府面对辽阔的疆域慢慢力不从心，直到第二年，河西节度使崔希逸才在青海西边打了一场胜仗，大破吐蕃军队。

然而，昔日辉煌不可一世的帝国政府此时已经对这些边事失去兴趣。但是，却给很多人一个让王维离开长安的好办法——让他以监察御史的身份去河西慰问边疆士卒。

王维并不觉得有什么不对，反而觉得国家打了胜仗了，太平盛世了，自己也成为皇家特使出塞了，一切都非常好。过了关口，到了漫天黄沙的祖国西北，王维遇到了前来迎接的侦察兵。

于是，一首《使至塞上》流传千古。

单车欲问边，属国过居延。

征蓬出汉塞，归雁入胡天。

大漠孤烟直，长河落日圆。

萧关逢候骑，都护在燕然。

轻车简从的使臣要视察边疆的情况，身为属国典（汉代官职，唐朝人喜欢 cos 汉朝人）的我路过了居延泽（也是汉代地名）。

像一片飞蓬草飞出了汉朝的边界，像北归的大雁一样融入了宽广的北方天空——

沙漠里的狼烟是那么地直，黄河里的落日是那么地圆。

在萧关（汉代地名，而且他根本就没经过这儿）我还碰到了侦察骑兵，他们说，都护（边防卫戍区司令）已经在燕然山指挥作战了。

整首诗又红又专，非常地主旋律。神秘的西域在唐朝人眼里，可能和现在的西藏一样，是个令很多人向往的地方。不一样的是，西域也是无数年轻人追寻梦想的地方，这里战争频发，可以建功立业，可以万里觅封侯。

这些朝廷里的老油条摸准了王维的脉，不知是王维主动要求还是有关部门的安排，总之王维此后就留在了西域，担任河西节度使判官。

如果真的像王维向往的那样，在西域建功立业，或许唐朝就多了一个参谋长，而我们就少了无数脍炙人口的诗作，也少了几幅流传千古的山水画。在西域待了几年，王维带着失意回到了长安。此后，他像变了个人，开始对朝政漠不关心。每天去上班，有时候甚至能不上就不上。放假了，就去山间的别墅度假，俨然与一个隐士无异。

这样安详舒适的日子，有人说他几乎成了一个僧侣。

不仅因为此时他心无挂碍，醉心山野，更因为在开元十九年（公元731年，王维三十出头）后，他的妻子去世了，此后他也没有再娶。

如此心境，难道王维对妻子的离世心无挂碍吗？居士修行，娶妻生子并无关系，然而如果说王维仅仅因为信仰没有娶妻，显然说不过去。如果说是因为夫妻情深，为什么没有多少对妻子的悼亡诗或情诗传世呢？

下一章，我为您揭晓答案。

《辋川闲居赠裴秀才迪》

——那些模糊的事儿

寒山转苍翠，秋水日潺湲。
倚杖柴门外，临风听暮蝉。
渡头余落日，墟里上孤烟。
复值接舆醉，狂歌五柳前。

秋天的山川聚拢了寒气，更显出了它的郁郁苍苍，秋水依旧每天不间断地流淌。我拄着登山杖，在柴门外，迎着风，听着傍晚的蝉声。在远处的渡头上，貌似还剩着那么一点落日的余晖，孤零零的炊烟在一座荒蛮的古院上飘起。没想到这个时候，你这个像楚狂接舆一样的疯子又醉倒在我的面前，你在柳树前狂歌的样子，真的有点像古代贤人陶渊明（另一种通行的解释是，五柳为诗人自比陶渊明，言裴迪喝醉了酒在其面前发酒疯）。

解释下两个人。首先是楚狂接舆，接舆不是人名，后世以讹传讹，甚至指名道姓地说这个人叫陆接舆。此人记载于《论语》："楚狂接舆歌而过孔子"，这话的意思是楚国的一个疯子去迎接孔子的车，然后一边唱一边从孔子身边经过。虽说是个疯子，但是他唱的歌词很有味道："凤兮凤兮，何德之衰。往者不可谏，来者犹可追。已而已而，今之从政者殆而。"以至于孔子很想跟他聊几句，没想到他就这么跑开了，所以没有与孔子进行其他的交流。至于五柳先生，那是陶渊明的自称，陶渊明，大家应该很熟悉了。

这首诗呢，是王维送给裴迪的。自从几年前，某歌手和某钢琴家在腐女圈传了点绯闻之后，我对带"迪"的人名都带着点庸俗的遐想。

要真说起来，这也不算啥。明代的冯梦龙编撰了一本书，名叫《情史》，其中有一章节叫《情外类》，专门介绍从周代到明代各种有名的男同故事。最有意思的是，《情妖类》里头还记载了明代两个商人外出做生意，然后其中一个病倒了，另一个对他悉心照料……等那人病好之后，虽然捡回了一条命，但是竟然变成了女儿身，于是两个人幸福地生活在了一起……这是个多么有爱的故事啊！

我声明下，我是个性子很"直"的人。

好吧，我们进入正题。王维在三十岁左右，妻子就去世了，之后一直没有娶妻更没有纳妾。这并不意味着王维没有了感情生活。在后来的日子里，有一个人进入了他的生活，那就是裴迪。

从塞外回到长安后，曾经胸怀大志的王维已经不在了，现实的残酷让他明白了隐居的意义。小隐隐于林，中隐隐于市，大隐隐于朝。利用空闲时间，王维在京城附近的辋川买下了宋之问的别墅，没事的时候，就住在那边，寄情山水，没事写写诗，读读佛经，也算怡然自得。

这期间，他与裴迪之间交往的书信、唱和的诗作，那是越来越暧昧……

当然，读者们可能觉得我说他们俩是玻璃，毁了大家的玻璃心。你们一时接受不了，我可以理解。虽说我这本书，有野史有正史，但是在这一章，我会很严谨地为大家考证这两人的关系。

首先，王维绝不是完全的清心寡欲，更不可能是无情之人（无情还怎么写诗？）。"红豆生南国，春来发几枝。愿君多采撷，此物最相思。"能以如此细腻的文笔写出感情的人，难道没有感情生活？但最为诡异的是，他三十多岁时妻子去世，竟然没有一首她的悼亡诗！大家想想，中年丧妻，那是古代最为悲痛的事情，更何况那时也是王维的人生低谷！

我们再想一想，我还说过的，王维虽然接受了玉真公主的很多帮助，但是他们两个人绝对是清白的。要晓得，唐朝公主的私生活不是很正派。

但是，为了这个叫裴迪的男人，王维却一首接一首地为他写诗……这，难道就是歌里唱的"为你写诗"？

不错，唐朝诗人之间互相送诗很正常，但是要么是表达粉丝对偶像的崇拜，或者同行间的赞赏，比如李白送给孟浩然的："吾爱孟夫子，风流天下闻。红颜弃轩冕，白首卧松云……"虽然有个"爱"字，但是李白也说了，我只是全天下粉丝的一员，充其量相当于大街上一男的高呼"我爱周杰伦"；还有杜甫送李白的："白也诗无敌，飘然思不群。清新庾开府，俊逸鲍参军……"要么是朋友之间的关心问候之类，比如李白送王昌龄："杨花落尽子规啼，闻道龙标过五溪……"听说你被贬到了夜郎那个鬼地方，我很关心啊；杜甫送李白："……故人入我梦，明我长相忆。君今在罗网，何以有羽翼……"

如果说，这首《辋川闲居》还有点好哥们儿间相互戏谑的味道，那么只能说这两人还没到肉麻的地步……你们再看这首《赠裴迪》。

> 不相见，不相见来久。
> 日日泉水头，常忆同携手。
> 携手本同心，复叹忽分襟。
> 相忆今如此，相思深不深？

（你们的相思很深……很深还不行吗……）

朋友们，你们不觉得那这首诗发给自己的女朋友或者男朋友，会让她（他）很感动吗？至少一点都不违和，这实在是一首很有爱的诗……

第一句，虽然肉麻但是还没什么，第二句就完全暴露了啊，天天在泉水边，"常忆同携手"！后面那两句基本上就暴露无遗。

而我们中学语文课本上的一篇王维写的书信《山中与裴秀才迪书》，也能看到很多蛛丝马迹。

首先，王维就说了，"近腊月下，景气和畅，故山殊可过"。这句话很值得玩味，首先，已经快过年了，王维还请裴迪去他家，貌似有让裴迪陪他过年的意思；"故山殊可过"，老地方真的要去好好看一看，这其间的暧昧，你们自己慢慢琢磨。

"足下方温经，猥不敢相烦，辄便往山中，憩感配寺，与山僧饭讫而去。"也就是说，王维之前就去找过他，结果看到裴迪正在用功读书，所以没有去打扰，孤零零地跑到了山里的寺庙住下，混了餐饭。啧啧，这都是爱啊。

随后，王维又说自己孤身一人，去灞水那边的华子岗去玩，大晚上的一个人，很孤单。这个时候，他就会"多思曩昔，携手赋诗，步仄径，临清流也"。注意，此处又出现了携手。

最后王维畅想春天的美好景色，告诉裴迪："（春天）已经不远了，你能陪我一起去游玩吗？如果你不是那种'天机清妙'的人，我怎么会用这无关紧要的事务来邀请你（过来陪我）！而这里面有非常高深的趣味啊，不要忘记哦！"

（原文：斯之不远，倘能从我游乎？非子天机清妙者，岂能以此不急之务相邀？然是中有深趣矣，无忽！）

天机清妙这四个字，信息量太大了，太大了。后面的那句，"这其中有非常高深的趣味啊，不要忘记哦"，大家自己去揣摩，我就不说什么了。

凡此种种，王维对裴迪的深情厚爱足以可见，而之后的事情，也说明了裴迪对王维的感情。乾元元年，也就是公元785年，裴迪到蜀地为官，两人就此别离。谁都没想到，他们的再见，竟然救了王维一命。

公元756年，安禄山已经攻入洛阳，王维没来得及跟着其他人撤退，被叛军俘虏。为名声所累，王维被伪政府授予官职，以拉拢人心。然而王维并不愿意与叛军合作，名义上他是伪政府的官员，实际上他还是被囚禁在寺庙里的俘虏。

某天，安禄山在凝碧池设庆功宴，勒令唐朝皇家乐队为他演奏助兴。国破家亡，这些人含着泪，用滴血的心为叛军将领们演奏着欢快的歌舞。

终于，有人忍无可忍——著名琵琶演奏家雷海青站了出来，他停下演奏，紧抱着心爱的琵琶，指着安禄山怒骂不止。安禄山对他的以卵击石很不屑，让身边的武士割去他的嘴唇和舌头。雷海青忍着剧痛，用毕生的力气，将琵琶向安禄山砸去。安禄山真的怒了，将他押到试马殿前，活活地大卸八块，凌迟处死。

就在这样的高压统治之下，裴迪依然冒着危险，前往敌占区，寻找王维。见到了王维，裴迪将雷海青的事迹告诉了正被囚禁的他。在如此先进事迹的感召下，王维作诗一首。

菩提寺禁裴迪

（王维自己也不知自己被关在哪座庙，洛阳没有菩提寺）

万户伤心生野烟，百官何日再朝天。
秋槐落叶空宫里，凝碧池头奏管弦。

至德二年，公元 757 年九月，唐军收复长安，十月，收复洛阳。王维再一次成为俘虏，这次，是成为政府军的俘虏。因为安禄山授予他官职，在旁人看来，他已经是叛军的一分子，伪政府的官员，按律当判处死刑。

万般无奈之际，王维的弟弟王缙向皇帝唐肃宗提出，自己的三品官不要了，只为保住哥哥的性命。皇帝正在犹豫之时，裴迪站了出来，将王维送他的这首《菩提寺禁裴迪》献给唐肃宗。唐肃宗一看，终于明白王维是为名声所累，不得已而被强加官职，身在曹营心在汉，也算忠义之人。

因此王维不仅保住了性命，更保住了官职。在他生命中的最后几年，他甚至迎来了人生的一次高潮，最后官至尚书右丞，在唐朝可是正四品的大员，人生也算圆满了。

至于裴迪，虽然对他的记载很少，只知道这时他在中央担任尚书省郎，差不多和王维在一个单位。公元 761 年，王维病逝，裴迪也就像消失了一样，在史籍中消失了踪影。

我相信，在王维的晚年，裴迪一定是陪着他一边做官，一边隐居在辋川一带。而在王维去世后，裴迪可能就此无心政事，就在他们当初游玩的老地方，做了一个真真正正、完完全全的隐士。

《渡荆门送别》

——混不好我就不回来了

公元701年，一位普通的中产阶级妇女在即将临盆时，梦见了太白星。太白星也就是今天我们说的金星，洋人叫维纳斯，但是在中国人的心目中，太白星的神仙是个老头。之后这个妇女生了个男孩，家里干脆给他取名为白。

对了，这个男孩姓李。

李白，如雷贯耳的名字。但是，李白的出身却让人颇多疑惑。我们最多只能确定他口中的老家是四川绵州，连出生地都众说纷纭。有人说他出生在山东（太扯了），有人说他出生在中亚的碎叶城，也就是现在的吉尔吉斯斯坦（貌似也不靠谱）。但是，根据李白去世时他家亲戚的说法，李白就出生在四川，我认为这是比较靠谱的说法。

至于李白的家族家世，我们几乎一无所知，很可能是李白想隐瞒什么。有人说他们家隋末的时候被流放到西域，直到武则天时期才回到内地，所以才有了李白出生在西域的说法；有人说李白是梁武昭王九世孙（这可不得了，这就是皇族了），但是如果是真的，那么以李白这么高调的性格，不可能我们不知道；再后来不知道谁提出来的，说李白是李渊长子李建成的后代……

总之一句话，不要迷恋哥，他只是个传说。

关于这哥们小时候的故事，流传最广的就是铁杵磨成针。故事很简单，就是小李白不好好读书，整天游山玩水，还逃课。有次逃课去小溪边玩，遇上了一个老奶奶在溪边的鹅卵石上磨铁棒。李白很困惑，就问老奶奶：您老人家在干吗啊？老奶奶就回答说：我没针用了，拿这根铁棒磨成针用。李白被吓到了，拿铁棒磨成针！最后老奶奶说了千古名言，"只要功夫深，铁杵磨成针"，这让李白若有所思，从此好好学习，天天向上。

虽然那个老太太很可能是李白老爸请的托，但是故事确实很励志。还有就是他梦里看见他笔头上开了花，给咱们贡献了"妙笔生花"这个成语。但是总的来说，这都是传说。而且是不靠谱的传说，尤其是铁棒磨成针这个，这老奶奶除非有阿尔茨海默病，不然不会做这么二的事。

我们差不多可以确切知道的是，李白在大约十八岁的时候，在戴天山隐居了一阵子，跟着一个道士读书学文化。此时他在巴蜀一带也小有名气了，不仅写的文章好，有学问，还会剑术，没事见义勇为啥的。在他第一次去戴天山找那个道士的时候，他并没有找到这个人。但是，他依然很开心，流传下了一篇佳作。

访戴天山道士不遇

犬吠水声中，桃花带露浓。
树深时见鹿，溪午不闻钟。
野竹分青霭，飞泉挂壁松。
无人知所去，愁倚两三松。

水声中依稀传来狗叫声，沾满了露水的桃花显得格外浓艳。丛林中时不时能够看到野鹿，因为道观里没有人，都中午了还没听到钟声。野竹的苍翠让青色的云气能够被分辨，飞泉瀑布好像挂在悬崖的松树上。可惜没人知道道士们到底去哪了，我只好惆怅地靠在几棵松树前。

这首诗可以看出这哥们儿年轻时候的童心，去道观里学习，没见到道士，心思不在找人，却在美景与动物身上，实在是可爱。

有人说，这时候李白隐居是因为在老家犯了事，跑去道观里躲躲。甚至有鼻子有眼地说李白当小吏得罪了他们那儿的县令。没错，这也是传说。小吏相当于今天的公务员，没有品级的公务员，有品级的才叫官。这个在当下人人竞争的岗位，在过去哪怕是普通市民都会不屑。小吏也俗称皂隶，听着这名儿，就有种苦差事的味道。很明显，这传说不靠谱。

在道观学习期间，李白也不闲着，去周边的大城市转了转，比如重庆成都啥的。在成都还拜访了一些上流社会的人，差不多算是第一次将自己的作品展示出来，这其中还包括当时著名的文学家、在政坛上也风生水起的苏颋。苏颋对李白评价也颇高："此子天才英丽，下笔不休，虽风力未成，且见专车之骨，若广之以学，可以相如比肩也！"将他与司马相如相提并论，那是相当给面子了。

一直到二十四岁那年，李白的生活重心都在戴天山。可以说，以后那个浪迹天涯四海为家的李白，此时是一个标准的宅男。

后来李白在四川各地玩了大半年，峨眉山、成都、重庆，都是他早就玩过的地方。同样是二十多岁，王维已经考中进士，而李白依然在四川巴蜀转来转去。开元十二年，公元 724 年，他终于决定，离开重庆，真真正正地去外面闯荡一回。他只闯荡了一回，这一回，就是一生。

外面的世界很精彩，外面的世界很无奈。前途未卜，年轻的李白乘船沿江而下，到了荆门。这里是巴蜀地区与江汉地区的分界线，过了荆门，就离开了巴蜀。对现代人来说，离开自己生活的区域并不算什么，但是在李白那个时候，这种心情必然是复杂的。毕竟，咱们现在一小时开车走的路程，顶得上他们两天的步行或者骑马、坐船一整天……

渡荆门送别

渡远荆门外，来从楚国游。
山随平野尽，江入大荒流。
月下飞天镜，云生结海楼。
仍怜故乡水，万里送行舟。

我从很远的地方沿着水路来到荆门，现在也算开始了楚地的游览路程。山随着平原旷野慢慢消失了，长江也流入大平原，显得格外壮阔。月亮就像是飞在天上的镜子，云气蒸腾，就像海市蜃楼。还是要感谢这些家乡流淌来的江水，是他们一路送我到这里。

说起来很有意思，这是一首赠别诗，但是没有赠别的对象，或者说赠别的对象其实是李白自己。自己给自己送别，不得不说这哥们儿太有个性。

但是，闯荡的日子充满了艰辛。他在洞庭的时候，与他一起从四川出来的朋友吴指南突然病逝。这件事情给李白的打击很大，按照他后来的回忆，他当时为朋友披麻戴孝，痛苦不已，就像自己的亲人去世了一样。为了安顿好朋友，李白哭着背着尸体找地方安葬，路人看着都不忍心。因为是夏天，还是在山野间，尸体的气味甚至引来了野兽，李白也不为所动。

出门在外，终究不如家里。李白家庭条件虽然不错，此时毕竟闯荡在外。路上的盘缠早就结交朋友、周济落魄书生用光了一大半，此时的他只能含泪将朋友简单地安葬在洞庭湖边。因为他距离此行的目的地——金陵（今南京）——还有很长的路要走。不过李白并没有忘记这个朋友。几年后，李白已经成家，条件也好些了，还特地回到旧地，重新安葬这位生死之交。

死者长已矣，李白的漂泊还在继续。接下来的几年里，无论是长江下游的金陵、苏州、扬州、杭州、台州甚至于东海，还是湖北湖南沿江各地，几乎都留下了他的足迹。在近乎流浪的游历中，李白结识了包括孟浩然在内的众多文艺界名流，名声也渐渐风生水起。

李白在二十七岁的时候，结识了前任宰相许圉师的孙女，并一起走进了婚姻的殿堂。

说到这里，大家可能觉得李白很幸福，同时也会有疑问，李白浪迹天涯的经费从哪里来？而且他不仅浪迹天涯，貌似一路上还锦衣玉食，一掷千金。比如在长江下游的时候，为了接济落魄的读书人，一下子捐出了三十万！

有人说，李白是个生意人；有人说，李白是个富二代、啃老族。我倒是觉得，李白可能是个家境不错的人，但是绝对不可能完全啃老。

李白的出行，大部分都是应朋友邀请，或者去有朋友待的地方，然后……白吃白喝。所以他游历的时候日子过得不错，也在情理之中。至于很多关于锦衣玉食、一掷千金的描写，我倒更觉得是一种艺术上的夸张，他并没有那么富有，如同杜甫说自己很穷一样。（杜甫可是朝廷命官，中央的干部，说他穷，你也信？）

而李白的路费和生活费，我想早年应该确实是家族的支撑，比如说刚刚出荆门那会儿。之后，可能也是以朋友的馈赠为主。这么说，可能你会觉得李白这人忒不仗义，到处白吃白喝，连生活都是靠吃朋友的。嘿嘿，李白当然不会白拿别人东西。比如某个谈得来的土豪朋友修个房子啥的，李白送篇文章写首诗，这样钱不就来了吗？可以说，这就是那时候的稿费。要知道，后来的韩愈专门给人写碑文，起步价就是二十万钱！以李白的文笔，肯定不会差，一篇文章赚个万把块肯定是小意思。

自己有点小收入，出门旅游有朋友接待，家里还有个大家闺秀老婆。这样的生活，可能很多人都会觉得满足。但是，作为李白，他绝对不会止步不前，他的梦想是立足政坛，而不是山野。有人说，李白是个道教徒，确实不假。但是更多的时候，李白与当时的读书人一样，是个坚定的、怀揣经世致用思想的儒生。

《梦游天姥吟留别》

——理想很丰满，现实很骨感

直到现在我们也不知道是什么原因，李白始终不愿意参加科举考试，而是一直找人引荐，以进入仕途。即使在婚后的日子里，李白也是一直四处云游，只不过目的不再是单纯的游山玩水，更在于结交好友，找人引荐。

也可能与李白的出身有关系，在唐代，商人子弟是没有资格参加科举的。然而我觉得，就算李白有参加科举的资格，他也不会去参加。不因为别的，就因为他是李白。

在很多人心目中，李白是个极端的乐天派，再骨感的现实也击垮不了他丰满的理想。实际上，若真是这样，李白就不会酗酒了。

李白酗酒的习惯，起于他二十八九岁的时候，那时的他在外漂泊三四年了，但是政治事业依然不见起色。在这之前，他诗中对酒的描写无外乎"吴姬压酒唤客尝"之类，并不是一股子鲸吞虎据的豪饮。而到了这时候，他已经是"三百六十日，日日醉如泥"。

酗酒并未给他带来什么好处。按照资料记载，李白在三十岁前后的时候，因为醉酒犯了事。按照记载，李白曾经醉酒"犯夜"。过去很多时候为了治安需要，不允许城市居民晚上出门，李白因为这件事，还生生错过了一次被引荐的机会。

还有一次，李白酒后骑马，按照现在估计也算醉驾了，一不小心冲进了当地某县级地方官李京之的车队，害得他事后不得不亲自写道歉信。

一系列的现实促使李白不得不选择一条很多人都走过的俗套路子——我们今天可以理解——他要去做"长漂"。之前曾经有人在长安边的终南山生活，最后凭借炒作名动京城获得成功，所以唐朝人管"长漂"叫"终南捷径"。

可惜，三十岁的李白在荆楚、江南是名噪一时的大腕，在长安却没什么人理会。去拜见宰相张说，张说以生病为由没有接见，李白只见了张说的儿子。又去找当年引荐王维的玉真公主，也没见到，只留下了几首诗。众多达官贵人压根不把李白放在眼里。在朋友陆调的建议下，李白又去京城长安周边的城市转了转，还是碰了一鼻子灰。

开元十九年，公元731年，事业还没有起步的李白在长安过着相对颓废的生活，百无聊赖的他开始出入于娱乐场所。与后世喜欢流连青楼的杜牧、唐伯虎不同，李白喜欢斗鸡。

斗鸡，唐朝最流行的赌博活动，可能类似香港的赌马。但是，在长安斗鸡的都是"五陵豪"。五陵，此地有汉代五个帝王的陵寝，因而得名，是长安最高档的社区，住在这里的都是各种一代二代各种代。这些"五陵style"的欧巴，唐朝人称之为五陵豪。

跟这些人在一起玩，终究不会有好结果。终于，有一天，几个五陵的富家子弟跟李白发生了冲突。这些人叫上一些地痞流氓，在玄武门一带把李白给截了。接下来的事情，大致有两种传说。

江湖版：李白也不是吃素的，剑术杠杠的。李白平时上街，都是剑不离手，几个小混混能吓得了他？李白恶从心头起，怒向胆边生。"十步杀一人，千里不留行。事了拂衣去，深藏身与名。"三下五除二，砍死了好几个人。十步杀一人简单，事了拂衣去就难了。结果，中央执法部门宪台都被这件发生在长安的恶性杀人案惊动，亲自过问此案，李白因此被扣押。后来经朋友陆调的努力，上下打点，才让执法部门将李白定性为正当防卫。

李白回忆旧事感谢陆调版：我还记得当年我喜欢斗鸡，得罪了几个五陵的花花公子。结果那些人带着一帮人把我围住了，不停地恐吓我，后来还动手了。多亏了你老兄骑着马不顾交通拥挤，冲开众人，飞奔到宪台去报案，帮我在玄武门脱离了危险。

作为充满了传奇和传说的李白，我们大可不必纠结于这些细节。不管是什么样的过程，结果都是一样的，李白被陆调救了出来，从此李白再也没有参与赌博，也离开了长安，向洛阳一带游历。

需要指出的是，这段时间也是李白创作的一个小高潮，《蜀道难》《行路难》《忆秦娥》等千古名篇均作于此时。而且与很多人猜想的花天酒地的李白不同，李白的风流不带过多的情爱色彩，在外游历期间，他也有很多赠送妻子的诗作，在那个时代，李白在感情上也确实算得上专一了。

阳台隔楚水，
春草生黄河。
相思无日夜，
浩荡若流波。
流波向海去，
欲见终无因。
遥将一点泪，
远寄如花人。

远方如花的妻子是他不变的想念，开元二十年冬天，李白带着失意回到了在安陆的家。就在他外出的日子里，岳父已经离开了人世。李白作为上门女婿，此时再待在许家也多少有些不合适，于是，他带着妻子在百兆山桃花岩附近安家，过上了一边耕种一边读书的田园生活。当然，闲暇之余他也会外出游历，继续寻找机会。

　　没几年，李白搬家到了任城（今山东省境内），因为他的六叔刚好在这里当县令。据说在搬家前的这段时间，李白去太原一带旅游，还阴差阳错地救了郭子仪。没错，就是后来乱世中叱咤风云屡次拯救唐王朝的那个郭子仪。

　　时光如流水，眨眼间，李白已经四十岁了。他的妻子许氏也在这一年离开了人世。

　　失意，岁月不饶人，妻子去世。这种境况下，李白做了一个奇怪的梦。一座雄伟的山峰，霓虹成了他的衣服，风成了他的马匹，仙人们围绕着他，老虎在弹奏琴瑟，鸾凤在驾车……当欢乐的梦境变成现实，似乎让李白明白了很多道理。世界上的欢乐能有多少呢，自古以来，万事最后不都是像流水一样消逝吗？他按照记忆的梦境去询问，得知这可能是越地的天姥山。于是便有了去那散散心的想法。他写了一首诗，告诉山东的友人自己的想法，就当是赠别之作。于是千古名篇《梦游天姥吟留别》就此诞生：

　　　　海客谈瀛洲，烟涛微茫信难求。
　　　　越人语天姥，云霓明灭或可睹。
　　　　天姥连天向天横，势拔五岳掩赤城。
　　　　天台一万八千丈，对此欲倒东南倾。
　　　　我欲因之梦吴越，一夜飞度镜湖月。
　　　　湖月照我影，送我至剡溪。
　　　　谢公宿处今尚在，渌水荡漾清猿啼。

脚著谢公屐，身登青云梯。半壁见海日，空中闻天鸡。

千岩万转路不定，迷花倚石忽已暝。

熊咆龙吟殷岩泉，栗深林兮惊层巅。

云青青兮欲雨，水澹澹兮生烟。

列缺霹雳，丘峦崩摧。洞天石扉，訇然中开。

青冥浩荡不见底，日月照耀金银台。

霓为衣兮风为马，云之君兮纷纷而来下。

虎鼓瑟兮鸾回车，仙之人兮列如麻。

忽魂悸以魄动，恍惊起而长嗟。惟觉时之枕席，失向来之烟霞。

世间行乐亦如此，古来万事东流水。

别君去兮何时还？且放白鹿青崖间。须行即骑访名山。

安能摧眉折腰事权贵，使我不得开心颜？

　　然而有意思的是，天姥山并没有诗中描写得那么壮美，它只不过是浙江一带再平凡不过的一座小山峰。李白最后也没有完成这趟旅行。

　　可能是因为遇到了刘氏。在许氏去世一年后，李白与一位刘姓女子结识。可能是李白此时的心绪比较混乱，两人没多久就在一起同居了，至于有没有结婚，那就不知道了。但是好景不长，没多久，因为种种原因，两人就分开了。按照后人猜测，很可能是因为刘氏有点瞧不起李白，觉得他毕竟不是达官显贵，虽说有钱有文化，但是没有足够的面子。

　　李白经历了一系列的打击之后，似乎心灰意冷。他开始有了在山东好好过日子的心态，娶了一位很平凡的山东女人为妻。这个女人平凡得连姓氏都没流传下来，但是在后来的一些事情上可以看出她很贤惠，相夫教子，非常称职。这位如此平凡的女子，在李白的诗中却是光彩照人。可见，李白想歇一歇了，好好地享受爱情与亲情，够了。

人生这种东西很贱，喜欢跟人开玩笑。就在天宝元年，公元742年，一封诏令来到了李白的家——在玉真公主和好友元丹丘的引荐下，玄宗终于决定征召李白入京。对李白来说，前途呈现了前所未有的光明。"如逢渭川猎，犹可帝王师"，他的梦想似乎就要实现了。

《蜀道难》

——这个小伙不是人

大落之后的大起，必然是春风得意。李白草草安排好了家中事务，将众多事情一股脑儿交给妻子鲁地某氏打理。自己留下一首快意诗篇《南陵别儿童入京》，直往长安去了。

南陵别儿童入京

白酒新熟山中归，黄鸡啄黍秋正肥。
呼童烹鸡酌白酒，儿女嬉笑牵人衣。
高歌取醉欲自慰，起舞落日争光辉。
游说万乘苦不早，著鞭跨马涉远道。
会稽愚妇轻买臣，余亦辞家西入秦。
仰天大笑出门去，我辈岂是蓬蒿人。

这里还提到了一个有趣的典故。西汉时期，有个穷困的儒生叫朱买臣，是吴地（江苏一带）人。为了躲避七国之乱的战火，逃到了会稽（今建德）。他与妻子生活困苦，每天砍柴卖柴维持生计。而朱买臣这个人比较好学，每天砍柴的时候，嘴里还背诵着文章，有时候还自言自语思考儒学的奥义。

妻子觉得他这样很丢人，因为街坊四邻都笑话他们。当时的吴越地区可是标准的老少边穷，当地居民的文化水平思想素质都不高，干活背书这种新鲜事那必然是被当作笑话一样传送。

一晃眼，朱买臣也四十多岁了，依然过着非常困苦的生活，而他醉心学术研究的心态依然不变。妻子受不了了，提出离婚。朱买臣极力挽留：你别看我现在很穷，知识改变命运，我觉得我五十岁的时候应该能够富贵。你跟我二十年了，为什么不再忍几年呢？到时候我一定好好报答你！

妻子去意已决，说：你这样的矮穷矬最后只会饿死在山沟里，还富贵，做梦去吧！

朱买臣只好在离婚协议书上签了字，两人就这样不欢而散。没多久，女方就再婚了，朱买臣依旧过着一边砍柴一边治学的生活。有一次，他背着柴火经过一块墓地，遇见了前妻和她的丈夫。当时的朱买臣狼狈不堪、饥寒交迫，简直像个乞丐。前妻夫妇于心不忍，还请他吃了一顿饭。

知识改变命运，这话一点都不假。可能是在前妻那儿受了打击，朱买臣托关系在会稽郡政府里做了一名衙役。年底，朱买臣跟随会稽郡的统计人员押送会稽郡的工作汇报到京城。也是天意，到了京城，由于各项事务实在是多，会稽郡的汇报会被排在后面。当时会稽郡又是贫困郡，没多久，统计人员和押送人员的公款就用完了。迫于无奈，只好找到在京城为官的中大夫（相当于内阁议员）严助帮忙，因为他是会稽郡人。

谁能想到，严助和朱买臣一见如故，严助二话不说将朱买臣推荐给汉武帝。汉武帝召见朱买臣，也被朱买臣的学识与见地折服，当即任命他为中大夫。之后，朱买臣一再升迁，成为了封疆大吏，会稽郡守。上任的时候，会稽当地的二把手为了迎接他，特地组织百姓修整道路（老少边穷，没办法）。朱买臣到了那儿以后，却发现修路的工程队里，有他的前妻和前妻的现任丈夫。朱买臣心中很是感慨，让车队带上他们两人，接到自己的郡守府中居住，为他们提供饮食。没多久，他的前妻懊悔不已，上吊自尽了。

而李白不仅用了这个典故，还在后面说"余亦辞家西入秦"，分明带有对前任刘氏的嘲讽。似乎已经熬到头了，李白一路飞奔，据说仅仅十余天就到了长安。任城到长安，将近八百公里，走水路还是逆行！在那个时代，李白可以算得上是飞速了。

到了长安，旧事历历在目，当年的好友陆调等人已经不知去了何方，跟他斗殴的五陵少年这时也步入了中年。举目无亲的李白独自住在旅店里等待着最后的引荐，百无聊赖之际，他来到了当时长安著名的道馆紫极宫去游览。

很多人受西游记和唐玄奘法师事迹的误导，觉得唐朝最盛行的是佛教。实际上，在整个唐代，道教才是具有毫无争议的国教地位的。只不过因为佛教当时的理论体系更加完善，各个宗派非常团结，所以能够发展壮大。至于道教成为国教的原因，很简单，因为太上老君他姓李，所以唐朝皇室自然而然地宣布，咱是太上老君的子孙！所以太上老君在唐代还有个称呼——圣祖玄元皇帝！至于玄奘法师的西游……其实他是偷渡到印度的……

话题扯远了。李白在紫极宫里，遇上了一个老人，贺知章。我们也不晓得这两人是怎么认识对方的，反正最后他们知道，"哦，你是李白""哦，你是贺老前辈"。

贺知章很早就听说过李白的名字，就问李白可有什么作品带在身上。李白随手拿给他一首旧作，《蜀道难》。不过也有另一种说法，认为这是李白的新作。

噫吁嚱，危乎高哉！蜀道之难，难于上青天！

蚕丛及鱼凫，开国何茫然。

尔来四万八千岁，不与秦塞通人烟。

西当太白有鸟道，可以横绝峨眉巅。

地崩山摧壮士死，然后天梯石栈相钩连。

上有六龙回日之高标，下有冲波逆折之回川。

黄鹤之飞尚不得过，猿猱欲度愁攀援。

青泥何盘盘，百步九折萦岩峦。

扪参历井仰胁息，以手抚膺坐长叹。

问君西游何时还，畏途巉岩不可攀。

但见悲鸟号古木，雄飞雌从绕林间。

又闻子规啼夜月，愁空山。

蜀道之难，难于上青天！使人听此凋朱颜。

连峰去天不盈尺，枯松倒挂倚绝壁。

飞湍瀑流争喧豗，砯崖转石万壑雷。

其险也如此，嗟尔远道之人，胡为乎哉！

剑阁峥嵘而崔嵬，一夫当关，万夫莫开。

所守或匪亲，化为狼与豺。

朝避猛虎，夕避长蛇，磨牙吮血，杀人如麻。

锦城虽云乐，不如早还家。

蜀道之难，难于上青天！侧身西望长咨嗟。

　　贺知章也是名动京国的大手笔，诗坛的老前辈（比李白大四十岁），玄宗皇帝面前的红人，长期担任秘书监（皇家图书馆馆长）。可以想象，是见过大世面的，皇家图书馆的藏书也是任他翻看，古今中外的诗作他看得那叫一个多。谁也没想到，就是这样的大人物，给还是布衣之身的李白那么高的一个评价。

　　你……你……你简直不是人！你……

　　……

你是天上下凡的神仙啊！小伙子，你这么会写诗，你家里人知道吗？

贺知章高兴坏了，也顾不得紫极宫是道士清修之地，嚷着要请李白去喝酒。一说到酒，李白还能不从命吗？

两人一路走到长安最最高档的酒馆，可是，极其尴尬的事情发生了——两人都没带钱。贺知章作为长者，又是东道主，加上实在喜欢这个晚辈后生，一咬牙一狠心，解下了腰间佩戴的金龟，拿去做饭钱酒钱的抵押。

金龟，也就是金做的龟符，是唐代官员表示自己身份标志的一种佩饰。武则天之前，是鱼符，到了武则天时期因为乌龟又叫"玄武"，所以改用龟符。王爷或者三品及以上的官员才能用金龟，四品用银，五品用铜。要晓得，唐朝三省六部的一把手才是三品官，也就是说宰相（三省长官）也仅仅是三品，三品以上都是作为殊荣的封号！

可以想象，当时还是一个平民身份的李白有多么诧异。

贺老前辈，这金龟拿来换酒，不妥吧？

贺知章却依然很高兴，接连劝说。于是两人最后压根没在意金龟这个细节，更没什么代沟、贫富差距，相聊甚欢，喝得酩酊大醉，成了好朋友、忘年交。

有了贺知章的推举，李白自然是如鱼得水，没多久就被唐玄宗召见，任命为翰林待诏，所以后世也称李白为李翰林。相当于现在的社科院院士，只不过拥有品级，而且是皇帝的近臣，随时作为皇家的顾问，甚至帮助皇帝起早诏书。待诏，就是等待皇帝诏命的意思。

这个官名也有点意思，当年西汉的东方朔就是待诏。只不过那时候没有翰林院，东方朔他们被称之为待诏金马门。金马门，是他们上班的地方。然而，待诏待诏，东方朔穷其一生，也只不过在汉武帝面前插诨打科，讲讲笑话玩玩游戏，没有真正得到重用。

这似乎也冥冥之中预示着李白的仕途。可是李白毫不在意，他始终觉得，他的未来可以像姜子牙、诸葛亮等人一样，成为帝王的导师。而唐玄宗就是他的周文王、刘备。如逢渭川猎，犹可帝王师。这一刻，他与最终梦想前所未有地接近。

更多的故事和传说，我们留到后面去讲。李白的墓地，就在我读大学的城市境内。他的衣冠冢在一个公园里，离我的学校不算远，公交车就能到。

于是大一的秋天，我特地去探望。不算大的墓碑上写着"唐诗人李白衣冠冢"，还有些稀稀朗朗的过路人。偶尔有人笑嘻嘻地注意到这几个字，就斜靠在碑前留个影，然后继续笑嘻嘻地离开。

当时我的脑中涌现了一系列关于他的传说事迹、名句名篇。而金龟换酒这个故事几乎像病毒一样在我脑中不断复制。我忘了带酒，其实当时作为大一学生也不好意思去买酒。我在他坟前，用生硬的中古音背了遍《静夜思》。临走之际，也想留下点什么。就站在那慢慢琢磨，写了首七律出来，权当向前辈致敬了。

谒李白衣冠冢（平水韵　四支韵）

童年长诵青莲诗，得幸今秋一谒之。
真有华胥生妙笔？当年京国解金龟。
意满但寻诗酒乐，才高何怨芳名迟。
偏偏游客伤风雅，留影山前斜倚碑。

《清平调》

——人生的价值在哪里

作为玄宗的近臣，开始的时候也会有一些政治上的问题冷不丁地丢向李白。

有一次玄宗设宴请这些翰林学士吃饭，玄宗也有点醉醺醺的，就问李白说：李翰林，现在我主持的这届政府跟武则天主持的政府比起来，怎么样？

天哪，帝王师！皇帝提问了，向李白提问了！

李白的回答很是巧妙：天后那时候政治很混乱，中央政府的工作人员鱼龙混杂。为什么呢？因为当时选拔人才就像小孩子买瓜吃，不知道怎挑选又香又甜的，只知道挑大瓜买。而陛下用人，就好比在沙里淘金、山上采玉，找到的都是一等的人才。

现在也有人说，李白没有政治智慧和政治才能，所以不被重用。而这番话，则让这种说法不攻自破，短短的一句话里，不仅说出了武后政权的弊政，还夸了玄宗，也推销了自己。能说会道，差不多可以算在政坛混的入场券。如果李白去美国参加竞选，一场演讲下来可能总统就是他。

可是玄宗也是摸爬滚打多年的人了，他回答说：翰林把我说得太好了，过奖过奖。这样玄宗也给自己找了个台阶。如此，不重用李白他都不好意思了。

此时的玄宗已经不是开元年间那个奋发向上、励精图治的开明天子，自以为天下长治久安的他慢慢地在享乐中消磨着时光，而与杨贵妃的不伦之恋也差不多进入了热恋期。相比处理政务、整顿国防，他更乐意在宫中听听音乐、看看舞蹈。李白对他来说，还是用在娱乐上比较划算。

这一年过年李白都没有回家，一直待在长安。天宝二年春天，李白被任命还不到半年，已经至少在表面上和玄宗打成了一片。

一天，玄宗正在欣赏歌舞，心情非常不错，就对身边的大太监高力士说：对着这样的良辰美景，怎么能仅仅靠这些戏子娱乐，应该找个有本事的诗人过来写几首诗，也好把今天的事情流传给后世去夸耀。高力士心里明白玄宗说的是谁，就去找了李白。

不过由于是突然召见，李白出现在玄宗面前的时候，酒还没醒，一副颓废的样子。玄宗心里起了坏主意，当时有传言说李白不太擅长写律诗（现在也有这样的误解），加上李白又有点神志不清醒，于是就让他写几首五言律诗，可以说是刻意刁难。

李白却毫不在意，向玄宗请求说：刚刚你哥宁王请我喝酒去了，现在已经醉了。但是如果您肯允许我无拘无束地写，我差不多还是可以写出来的。

玄宗二话不说答应了，立即示意身边的两个太监去搀扶，又是磨墨又是准备纸笔，还特地拿红色的绸缎给他拽出了一个简易屏风。没多久，十首五言律诗就写好了，题名《宫中行乐词》，今有八首流传于世。

宫中行乐词其一

小小生金屋，盈盈在紫微。

山花插宝髻，石竹绣罗衣。

每出深宫里，常随步辇归。

只愁歌舞散，化作彩云飞。

这种宫体诗在当时很被人鄙视，因为大多千篇一律，浓艳不堪。然而李白却能写得华丽而不腻，尤其最后一句"只愁歌舞散，化作彩云飞"，真是点睛之笔，其意蕴无穷无尽。我们可以简单地理解为这个轻飘飘的年轻舞女技艺高超，给人一种即将化云飞去的错觉。也可以引申下，思考其中的隐喻：在这样的歌舞场合我才可以出现，哪天太平不在，我是不是只能再次云游四海呢？

玄宗看了这十首宫词，自然非常高兴，他可没兴趣理会李白对政治的诉求。作为奖赏，玄宗赏赐李白一件宫中的锦袍。

暮春时节，当初开元年间在宫中兴庆池附近的沉香亭种植的牡丹全部盛开，万紫千红，富贵雍容。于是唐玄宗带着杨玉环（此时还没册封）前去观赏。面对花前的美景美人，唐玄宗嘴里唱的是哟呵哟呵哟，心里美的是浪个儿里个儿浪。恋爱中的男人都想极力讨好对方，无论他年纪有多大。可是唐玄宗毕竟文墨上不如李白，于是李白再次被召见。这次的任务，是写诗讨好杨玉环。

现在有传说，李白看上了杨玉环，无稽之谈，荒诞至极。但是李白为唐玄宗讨好杨玉环写的三首《清平调》，着实是千古名篇。

其一

云想衣裳花想容，春风拂槛露华浓。
若非群玉山头见，会向瑶台月下逢。

其二

一枝红艳露凝香，云雨巫山枉断肠。
借问汉宫谁得似，可怜飞燕倚新妆。

其三

名花倾国两相欢，常得君王带笑看。
解释春风无限恨，沉香亭北倚阑干。

对于写这三首诗，还有一个传说。

当时李白其实一肚子的不愿意，特地喝得酩酊大醉才去见皇帝。到了那里，有了上次肆意妄为的经验，这次他更加"过分"。首先，跟上次一样，借着酒精的麻醉，请求不要玄宗干涉，让他随意而为，玄宗应允。

杨太真道士（杨贵妃原本是玄宗儿媳，此时还没册封为妃，其身份是道姑，法号太真），劳烦你帮我捧砚吧。其实杨玉环这个姑娘人还不错，说捧还真就捧了，没有二话，反而还觉得荣幸。真是呆萌呆萌的，难怪玄宗喜欢。

天热，高力士，帮我把靴子脱了吧。连皇帝的情人都这样了，高力士哪里有理由拒绝。

就这样三首清平调一挥而就。杨玉环非常开心，男友让国民偶像为她写诗，她觉得荣幸之至，幸福感爆棚。杨玉环高兴了，唐玄宗当然就更高兴了，亲手盛了一碗羹汤赏赐给李白。李白毕竟醉得太厉害，喝不了几口就吐了，玄宗顾不上什么君臣之仪，直接把自己的御用手巾拿给李白擦嘴。

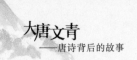

这段传说，估计是存在的。只不过，有人说是写《清平调》的时候，有人说是写《宫中行乐词》的时候，还有人说是起草某外交公文的时候。真是没有传说的名人算不得名人。

李白看起来醉醺醺的，实际上自己也明白了，他能够得到如此浩大的皇恩，只不过是帮玄宗哄老婆开心而已。这样的生活，对他而言是没有意义的，他的人生如果这样下去，也就失去了意义。接下来的几个月里，李白开始消极怠工，帮玄宗写诗取乐的次数渐渐少了，每天都沉浸在酒精的麻痹中，半醉半醒之间，冷静地看着这个日渐沉沦的帝国。

这年冬天，天寒地冻，玄宗再次召见李白，让他起草一份圣旨。李白厌倦了这种生活，以笔端的墨汁已经成冰为由怠工。玄宗其实很爱惜李白的才能，虽然不想让他真的从政，但是非常想利用他的文笔。玄宗也不是笨人，为了显示皇恩浩荡，挽留这位国民偶像的心，他召来十个宫女，每人拿一支玉笔，不停地哈气，让笔端保持温暖，好让李白有笔可用。

如此殊荣，李白虽然有些动摇，但是经不起别人的嫉妒。一时间，各种中伤纷至沓来。当初的那一句"可怜飞燕倚新妆"，也被说成是讽刺杨玉环。那些人还一套一套的，说一方面，赵飞燕是瘦子，杨玉环是胖子。另一方面，赵飞燕这个人私生活不检点，拿赵飞燕比喻杨玉环实在不恰当。

李白也逐渐有了隐退的意思。天宝三年正月，贺知章请求退休，唐玄宗不仅应允了，还将他老家的一个湖送给他做礼物。这件事对李白影响很大，他能有今天的位置与恩遇，跟贺老先生的举荐毕竟是有关系的。

终于，这年三月，唐玄宗带着一拨人去春游，李白也同行。大家都上了船，船已经开了，才发现，李白还在岸上。

李翰林，你怎么不上来啊？

陛下，我不去了，我要做酒中仙。我要辞职回家做酒中仙。

或许玄宗早就料到会有这一天，所以他并没有生气。玄宗安排人赏赐李白一笔钱，然后就放他回去继续做平民百姓了。

离开长安后，李白骑着一头小毛驴一路小跑，直奔华山而去。毕竟在长安那么久，都好久没有去名山大川游山玩水了。经过华阴县的时候，李白一不小心路过了华阴县县政府办公室，当时叫县衙。

那时候的马啊、骡子、驴子啊啥的交通工具，都有马蹄声，很吵的，所以当时原则上不允许在县衙门口骑马骑驴快行，不然要受教育处分。那时候没有驾照，估计不扣分。当然只是原则上，很多时候县长也就不管了。

可是李白被交警拦下了，而且不是拉到县衙里的派出所做记录那么简单，而是被县长亲自传唤。县长脾气很火，但也不是什么大事，写个悔过书就完事的。可是李白的悔过书，却让华阴县令大吃一惊。

"曾令龙巾拭吐，御手调羹，贵妃捧砚，力士脱靴。天子门前，尚容走马；华阴县里，不得骑驴？"

县长一看：翰林！原来是李翰林！对不起，我们不知道是你，多多包涵。

李白哈哈大笑，也没说什么就扬长而去了。

关于李白在宫廷里的趣事，后来自然是传为佳话。到了元代，散曲家白朴有幸结识了一位美人，她长得非常漂亮，只不过脸上长了颗小黑痣。白朴就做了一首骚人体（拿别人开玩笑的散曲）的散曲送给她。

醉中天——佳人脸上黑痣

疑是杨妃在，怎脱马嵬灾？曾与明皇捧砚来。美脸风流杀。巨耐挥毫李白，觑着娇态，洒松烟点破桃腮。

可恨那个挥毫的李白，看着杨贵妃的脸，一不小心把墨汁洒到她脸蛋上了！

077

《登金陵凤凰台》

——梦中的长安

从长安返回任城，需要经过洛阳。以李白的性格，经过这些大城市的时候，一定得好好游玩一番，再跟朋友们加深下感情。

这一年的洛阳，在中国文学史上无比的耀眼夺目，两颗巨星在此交会。是年三十三岁的杜甫也在洛阳，相比此时如日中天的李白，杜甫还是个初出茅庐的晚辈，毕竟他比李白小了十一岁。但是这依然掩盖不了此番空前绝后的盛举。

很多人都知道唐朝被后人分为四个阶段，初唐、盛唐、中唐、晚唐，也被称为"四唐"。然而，不少人却误以为这是按照唐朝国力来区分的。实际上，这四唐的划分，指的是唐诗的四个时代，与唐朝国力的发展没有过多的联系。其中的盛唐，大致就是李白与杜甫两人同时存在的那段时间，更有人将盛唐定义为公元712年到762年，也就是杜甫出生的那年到李白去世的那一年。

杜甫此时也正处在失意中，他于开元年间去参加科举，没想到名落孙山。于是也纵情山水，在中州、齐鲁一带鬼混。一千年之后的我们至死无从知晓两人是怎么碰面的，但是我们可以想象这两座最高峰间的交谈是多么令人仰止。李白与杜甫约定，等到了秋天，大家再到洛阳相会。

李白回到了任城，虽说已经不在朝廷，但是也算是衣锦还乡，毕竟享受过貌似浩荡的皇恩。当地官员还特地设宴接待他。他拿出唐玄宗赐的钱买了些田地，好好地置办了家业。

到了日子，他又去了洛阳，与杜甫一起在河南一带旅游。他们在开封又遇到了一个牛人——高适，这三人一起游山玩水，消磨着失意的痛苦。之后他们来到今天山东单县的孟诸泽，这是一片方圆五十里的大湿地，他们在这里飞鹰逐兔，骑马射箭。要知道，自孔子将射艺定为六艺之一后，从汉、唐甚至一直到明代，无论是这里的李白、杜甫、高适三人，还是后来明代单骑走边关的王阳明，骑马射箭都几乎是他们文人的必修课。那种文弱的书生，只有奢靡的末世才存在。

大家玩了一天，捕获了很多肥美的兔子、狐狸，当天晚上，杜甫带着李白他们去单父东楼举行派对，一边喝酒一边烧烤，还叫来两个舞女，给他们歌舞助兴。

在这里可能大家会觉得奇怪了，怎么是杜甫请大家去，他不是很穷吗？其实，杜甫确实有一段时间的苦日子，那是"长漂"期间，而且没多久。杜甫的爷爷是杜审言，也是一个诗人，官至修文馆直学士；父亲自然也是朝廷命官，虽然不大，母亲还是当地的世家望族。他家在洛阳、长安等地都有田产和庄园，他还是不用交租税的特权阶层！

艺术来源于生活，但是毕竟高于生活。李白喜欢摆阔，杜甫喜欢哭穷，然而现实中杜甫才是富二代，家中良田无数，李白则是拿皇上送的钱买个小田地都要小心翼翼的布衣。

欢愉过后，三人分别，杜甫回家了，高适继续到楚地去找机会发展。李白则去了山东的一家道观，皈依道教，成为道教的居士。当时道教的清规戒律还没有后世全真派那么严格，所以李白这样的，按现在来说也可以算正一派道士了。

　　接下来的一段时间，李白多次与杜甫、高适一同出游。杜甫甚至还特地去了任城，在李白家住了段日子。

　　天宝五年，李白的第二任妻子鲁地某氏已经离世，四十六岁的李白无人照顾，终于大病一场。病中的李白甚至在一些远房亲戚的帮助下在邻县买了些田地，作为遗产留给子女。病好后，这个闲不住的人又打算出游，与好朋友元丹丘约好了去浙江一带，正好去一趟当初特别想去的天姥山。

　　没想到，这次出行，又引出一段佳话。

　　李白每次出行都有自己详细的旅游计划，这次他决定先重游宋州（河南商丘）的梁园，再取道金陵前往浙江。梁园是西汉梁王的园林，当时的旅游胜地。

　　不知道跟什么朋友在一起，总之李白在梁园也是喝得醉醺醺的，喝醉之后，自然就想在墙上乱涂乱画。想到自己这几年的大起大落、悲欢离合，李白拿起笔，在一面墙上挥毫泼墨，写下了一首《梁园吟》。

我浮黄河去京阙，挂席欲进波连山。

天长水阔厌远涉，访古始及平台间。

平台为客忧思多，对酒遂作梁园歌。

却忆蓬池阮公咏，因吟"渌水扬洪波"。

洪波浩荡迷旧国，路远西归安可得！

人生达命岂暇愁，且饮美酒登高楼。

平头奴子摇大扇，五月不热疑清秋。

玉盘杨梅为君设，吴盐如花皎白雪。

持盐把酒但饮之，莫学夷齐事高洁。

昔人豪贵信陵君，今人耕种信陵坟。

荒城虚照碧山月，古木尽入苍梧云。

梁王宫阙今安在？枚马先归不相待。

舞影歌声散绿池，空馀汴水东流海。

沉吟此事泪满衣，黄金买醉未能归。

连呼五白行六博，分曹赌酒酣驰晖。

歌且谣，意方远。

东山高卧时起来，欲济苍生未应晚。

傍晚，李白已经离去。一个大龄剩女带着丫鬟到这里散步，看到了这面墙，仔细地吟咏着这首佳作。可惜她还没看完，就来了一个在这儿兼职做保洁的和尚，准备清理墙壁。

谁这么不自觉，到处乱涂乱画，真不文明！

剩女大呼曰：不要擦！师父，这诗多好，留着吧。

多好的墙啊，画成这样了，还不擦？我们上头会说我消极怠工，扣我工钱的。

出多少钱我买啊……一千金，够不够？

这话一出，整个公园散步的人都惊呆了。估计搁现在，当天晚上各大门户网站的头条就是"神秘人物墙壁涂鸦，富豪女千金买壁疑炫富""炫富女千金买壁，买骨买邻揭秘历代土豪的千金一掷""神秘涂鸦惊现梁园景区，疑当代名人李白新作"……

古代信息没那么发达，但是事情依然传得满城风雨，还在宋州的李白也听说了。据说李白就此事还特地去问了也在宋州的杜甫，问他这个女子究竟是谁。杜甫一听，便说：在宋州地界这么有钱还这么欣赏文学的，我估计只有宗小姐了。她是前任宰相宗楚客的孙女，眼光高，是个大龄剩女。白哥，你有福了。

果然，李白后来去拜访宗家，把这事的原委一说，宗氏就成了李白的老婆。于是李白后来还在宋州定居了几年，在李白所有的妻子中，可以说与宗氏的感情最为深厚。

然而说好的旅行还要继续，有没有带着宗氏，那就难说了。之前李白从来不带妻子出去云游，对宗氏则不一样。我们可以知道的是，后来李白多次去庐山访道，都带着宗氏。这次

感情，对李白来说，是最刻骨铭心的。

第二年春天，李白来到了金陵。传说这一路上可劲儿地烧包，穿着玄宗送的宫锦袍在船上与崔宗之等人旁若无人地说笑。金陵，已经是旧地了。当初离开巴蜀来到这里，可以说意气风发，满怀壮志。时过境迁，现在老婆都死了两个了，自己也快五十了。

孔子说，五十知天命。李白登上了金陵的凤凰台，当初孙吴的宫殿已经被荒草覆盖，晋代的皇宫也只剩下小山丘一样的土堆。凤凰台已经没有了凤凰，江水依旧不变向东流淌。这样的精致，自然是能够激起李白的诗兴的。

登金陵凤凰台

凤凰台上凤凰游，凤去台空江自流。
吴宫花草埋幽径，晋代衣冠成古丘。
三山半落青天外，二水中分白鹭洲。
总为浮云能蔽日，长安不见使人愁。

长安，依旧是李白的念想。相比不变的山水，那些误事的达官显贵虽然是浮云，但是浮云多了自然就把皇帝给蒙蔽了。皇帝一蒙蔽，像李白这样的贤人，也就见不到长安了。

李白就是这样一个人，无论如何都不怀疑自己的梦想。虽然在这里说"长安不见"，但是言下之意无非是哪天还能再去长安！就算不去长安，济天下苍生的梦想照样会实现。早年他落魄京城，都有过"乘风破浪会有时，直挂云帆济沧海"的豪言。现在的他目睹了中央的腐朽，豪情之余更多的是一种对天下大势的担忧——六朝都没了，大唐真的就能亿万斯年吗？

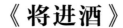

《将进酒》

——我的未来不是梦

在天宝六年到天宝十一年这段时间，李白依旧展现着他的驴友本色，到处云游，甚至还在我家这边住了一段时间，只不过那时候我还小（玩笑话啦，其实我是90后）。

天宝十年，李白到嵩山颖阳一带找朋友元丹丘玩，后来又来了一个叫岑勋的。三个酒鬼凑一块儿，啧啧啧……

元丹丘是个道士，也是个不折不扣的土豪。当时，道教是国教，稍微大点的道观都有自己的庄园，当然后来的佛寺也有。不管怎么说，李白到了元丹丘那里，不愁没有好吃好喝的。

也就在他离开长安到现在的这段时间内，国家发生了很多微妙的变化。中央政府官员中的无才无德之辈越来越多，中央对军队的控制越来越无力，尤其是对边疆的控制。阿拉伯帝国与唐帝国争夺中亚的控制权，与唐朝爆发怛罗斯之战，唐军惨败，退到葱岭以东地区（至今中国势力都还未跨过葱岭）；唐将鲜于仲通讨伐南诏国（今云南一带），军队伤亡超过六万人；安禄山讨伐契丹，唐军也吃了亏。

这些边疆的伤亡虽然引起国内不满，但还不是致命伤。

此时的安禄山麾下已经有作战人员二十万，几乎是唐军野战部队的一半，渐渐地开始拥兵自重。

"安禄山"这名字还有点意思，他的父亲是中亚的粟特人（今塔吉克斯坦一带），母亲是突厥人。他出生之前，他的母亲在轧荦山祈祷，所以给他起名"轧荦山"。不过，这个"轧荦山"并不是山的名字，而是突厥族战神的名字，"安禄山"正是这个战神突厥语名字的另一种音译。这个突厥战神，是当年的希腊马其顿国王亚历山大大帝。"安禄山"正是唐朝对亚历山大一词的一种音译。不要以为古人对世界不了解，宋朝还有书介绍过亚历山大的事迹呢。

话题扯远了，正因为安禄山的异常举动，李白才心怀不安。他也有不少作品体现了他的担忧，比如《战城南》。

去年战桑干源，今年战葱河道。
洗兵条支海上波，放马天山雪中草。
万里长征战，三军尽衰老。
匈奴以杀戮为耕作，古来唯见白骨黄沙田。
秦家筑城避胡处，汉家还有烽火燃。
烽火燃不息，征战无已时。
野战格斗死，败马号鸣向天悲。
乌鸢啄人肠，衔飞上挂枯树枝。
士卒涂草莽，将军空尔为。
乃知兵者是凶器，圣人不得已而用之。

不仅在诗中如此，李白在行动上也开始为国家的命运担忧起来。实际上，这次李白拜访元丹丘只是把颍阳当作一个中转站，他真正的目的地是安禄山的大本营——范阳（也叫幽州，就是今天的北京）。

虽说国家大事不容乐观，但是李白毕竟是个处江湖之远的平民百姓，充其量也就是个辞职的政府官员。与朋友们在一起，痛快地喝酒吃肉，似乎让他暂时忘记了烦恼。

貌似李白有这样的习惯，一喝酒，就不免感慨起时光的流逝、岁月的无情，满脑子自我安慰性质的行乐主义思想。但是换个角度说，这又何尝不是一种豁达。

将进酒

君不见，黄河之水天上来，奔流到海不复回。
君不见，高堂明镜悲白发，朝如青丝暮成雪。
人生得意须尽欢，莫使金樽空对月。
天生我材必有用，千金散尽还复来。
烹羊宰牛且为乐，会须一饮三百杯。
岑夫子，丹丘生，将进酒，君莫停。
与君歌一曲，请君为我侧耳听。
钟鼓馔玉不足贵，但愿长醉不复醒。
古来圣贤皆寂寞，惟有饮者留其名。
陈王昔时宴平乐，斗酒十千恣欢谑。
主人何为言少钱，径须沽取对君酌。
五花马，千金裘，
呼儿将出换美酒，与尔同销万古愁。

说起来也好玩，这时候的李白明明失意之中，却说"人生得意须尽欢"，这分明带有自嘲的意味。后面几句更是有玩笑话的味道：陈王曹植当年在平乐宴请朋友，一斗万把块钱的酒随便别人喝。你丹丘生作为东道主好意思说自己没钱？快点多买点好酒咱俩一起痛饮。你那匹名贵的五花马，那件名牌的裘皮大衣，都叫你儿子拿出来换酒去吧，与你们一起借着酒消磨万古长存的忧愁。

　　我常跟人说，李白内心的忧国忧民不亚于杜甫，而杜甫内心的豪情壮志也不输李白。这首诗整篇下来都是一副貌似豁达的基调，实际上呢，酗酒不过是为了消除"万古愁"，因为"黄河之水天上来，奔流到海不复回"，因为"高堂明镜悲白发，朝如青丝暮成雪"。而这次的幽州之行，充满了凶险和未知，李白何尝不是在用一种吃"断头饭"的态度来做这一场最后的风花雪月？

　　李白在元丹丘那一直待到秋末，终于等到了担任范阳节度使幕府判官的何昌浩的来信，于是动身北上。一路上走走停停，直到第二年十月，才到达范阳郡。在这里，穷兵黩武给人民的痛苦，安禄山的骄横跋扈，都在李白的笔端一一呈现。

　　"幽州胡马客，绿眼虎皮冠。笑拂两只箭，万人不可干。""天骄五单于，狼戾好凶残。牛马散北海，割鲜若虎餐。虽居燕支山，不道朔雪寒。""名将古谁是，疲兵良可叹。何时天狼灭，父子得闲安。"

　　李白越是待在幽州，越是觉得危险。而且危险的不是他个人，而是整个帝国。李白立即联系正在长安居住的杜甫，随后准备动身去长安。然而此时他的妻子宗氏病重，只好暂时先回宋州。不过，他在宋州也没待多久，很快就于天宝十二年春天到了长安。

　　这次，李白没有流连酒肆，而是与杜甫一起忙于结交朝中权贵，他们不停地写诗给当时的军政要员，希望能找到机会向上面反映安禄山的情况。可惜哥舒翰、独孤驸马等人并不理会他们。更可怕的是，当时的中央政府居然控制关于"诬告"安禄山即将谋反的言论，估计是为了稳定局势，安定人心。

　　"君失臣兮龙为鱼，权归臣兮鼠变虎。"留下这句感慨后，李白对中央政府彻底失去了信心，不仅离开了长安，还开始为举家南逃至江南的宣城（今安徽宣城）做准备——一旦战争爆发，河南必然是主战场。

李白的离开是正确的。第二年，也就是天宝十三年，安禄山入朝，玄宗下令将一部分"诬告"安禄山谋反的人抓捕归案，交予安禄山处置。随后太子都看不下去了，劝说玄宗，玄宗依旧不信。这样一来，再也没有人敢提醒玄宗了。

此时的李白非常的失望，开始对国家大事呈现一种漠不关心的态度。他在今天的安徽南部游山玩水，参加各类宴会，结交朋友，作品中更多地体现出希望归隐田园、泛舟江湖的态度。

宣州谢朓楼饯别校书叔云

弃我去者，昨日之日不可留；
乱我心者，今日之日多烦忧。
长风万里送秋雁，对此可以酣高楼。
蓬莱文章建安骨，中间小谢又清发。
俱怀逸兴壮思飞，欲上青天揽明月。
抽刀断水水更流，举杯消愁愁更愁。
人生在世不称意，明朝散发弄扁舟。

值得一提的是，李白没多久又来到了我的家乡。在这里泛舟秋浦河、清溪河，登九华山、齐山，留下了许多我们当地人至今耳熟能详的诗句："白发三千丈，缘愁似个长。不知明镜里，何处得秋霜。""昔在九江上，遥望九华峰。天河挂绿水，秀出九芙蓉。""人行明镜中，鸟度屏风里。向晚猩猩啼，空悲远游子。"……

这期间，李白还有一首诗值得我们注意，那就是《古朗月行》。这首诗很多人耳熟能详，给我们感觉就像儿歌一样简单。不过只是节选，全诗有着对时局非常强的隐喻与暗示。

小时不识月，呼作白玉盘。

又疑瑶台镜，飞在白云端。

仙人垂两足，桂树作团团。

白兔捣药成，问言与谁餐。

蟾蜍蚀圆影，大明夜已残。

羿昔落九乌，天人清且安。

阴精此沦惑，去去不足观。

忧来其如何，凄怆摧心肝。

　　我小时候不认识月亮，管它叫白玉盘。后来又怀疑是瑶台的镜子，飞在青云的边缘。月亮神仙露着两只脚，上面的桂树也那么的茂盛。月亮上的白兔的仙药捣完了，这个药给谁吃呢？蟾蜍慢慢地蚕食着圆圆的光影，原本光明的夜空已经出现残缺。如果不是因为后羿射下了九个太阳，天上的神仙现在也不得安生。月亮（阴精是月亮的别称）已经沉沦了，迷惑了，它与我们渐行渐远，已经不值得我们去观赏了。想到这里，忧愁已经无以复加，凄凉的心情折磨着我的心肝。

　　翻译成白话之后，想必读者们都能想到其间的隐喻。当年让他无比畅想的唐朝政府，让他愿意奋斗一生的唐朝政府，已经不值得他去拼死拼活地效忠。

　　开元十四年十一月，正在金陵的李白得知了安禄山的消息。他的学生武愕主动前往山东一带去接他的子女到江南，而他也前往当时已经沦陷的河南地区寻找宗氏。

　　面对安禄山的叛军，中央政府毫无招架之力，仅仅三十多天，东都洛阳沦陷。公元756年正月，安禄山在洛阳称帝。虽然到了五月李光弼与郭子仪进军河北成功开辟第二战场，收复河北十几个郡，但是正面战场不容乐观。驻守潼关的哥舒翰在杨国忠和唐玄宗的瞎指挥下惨败，二十万军队几乎全军覆没，总指挥哥舒翰也成为了叛军的俘虏。长安的沦陷，只是时间问题了。

面对这样的形势，李白无话可说，带着妻小在江南一带四处漂泊。虽然他无能为力，但是依然密切关注着局势变化。

756 年六月，唐玄宗逃亡成都，途经马嵬坡，军队哗变，要求处死杨贵妃与杨国忠等人，杨贵妃只好自杀谢罪。七月，太子李亨在河套地区称帝（肃宗），玄宗稀里糊涂成为太上皇。玄宗也只好顺应局势，任命皇帝为天下兵马大元帅，永王李璘为四道节度使，负责稳定江南局势。四道，分别是山南道（重庆、湖北一带）、江西道（皖南、江西、湖南一带）、黔中道（四川到贵州一带）、岭南道（福建、广东、广西一带，包括越南北部）。可以看出，李白正好在永王管辖之内。

李白为了能够有机会为平叛出一份力，决定沿江而上，到庐山定居，以等候时机。果然，到庐山没多久，永王李璘的聘书就来了。

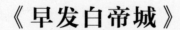

《早发白帝城》

—— 一路艰辛，我仍在路上

永王来了聘书，李白是很矛盾的，妻子宗氏也极力反对。自古以来，参与涉及皇位争夺的事情，一旦站错队，后果不堪设想。

然而，说客韦子春是李白的朋友，加上李白也有争取为国效力的准备。此时，天下富庶太平之地都在永王治下，不少人都对永王寄予厚望。李白权衡再三，决定加入永王的队伍，成为幕僚（参谋）。十二月，永王沿江而下，打算前往金陵稳定局势，伺机北伐。

第二年，也就是肃宗至德二年，正月，李白正式参与永王的军队。为了壮大军队的声势，李白特地写了一组《永王东巡歌》十一首。

永王东巡歌·其五

二帝巡游俱未回，五陵松柏使人哀。
诸侯不救河南地，更喜贤王远道来。

然而，永王显然不是李白和其他人想象中的贤王，当然也不像后来史书上所说的永王主动叛乱。总之，肃宗任命高适为淮南节度使，讨伐永王的"叛军"。没错，就是那个当年和李白杜甫一起在孟渚泽打猎的高适。

高适采取分化、瓦解敌军的策略。仅仅一个月，永王就在丹阳吃了败仗，丢了性命。李白只得开始逃亡，可惜最后还是在安庆被捕，关押在浔阳的监狱里。这下，李白面临的可是谋反的死罪。他的妻子宗氏四处奔走，找关系营救，李白也在狱中写信向他人求情，其中就包括高适。可惜，高适没有任何答复。毕竟牵扯到皇室内部斗争，作为军事高级指挥的高适不能有任何意气用事。

最后，江南宣慰司的宋若思出面求情（可能是高适授意的），免除了李白的死罪。但是活罪难逃，李白被判处流放夜郎，而且是终身流放。此时的李白已经五十七岁，就算不是终身流放，也很有可能在半道上因为水土不服或者劳累暴毙而亡。

现在有人说，这次事件充分说明了李白的短视与政治白痴。然而，当时的情况，很难说永王和肃宗谁对谁错。要知道，肃宗虽然已经即位，但是永王也是太上皇玄宗钦定的军事指挥，而且手下有膏腴之地。肃宗的即位反而有谋逆之嫌疑。至于所谓的永王叛变、肃宗平叛，不过是作为皇位争夺胜利者的肃宗对自己手足相残的辩解。对于这种大敌当前还玩窝里斗的行为，李白充满了鄙夷。这种心态在他当时留下的作品中占了主流。

上留田行

行至上留田，孤坟何峥嵘。
积此万古恨，春草不复生。
悲风四边来，肠断白杨声。
借问谁家地，埋没蒿里茔。

古老向余言，言是上留田，蓬科马鬣今已平。

昔之弟死兄不葬，他人于此举铭旌。

一鸟死，百鸟鸣。一兽走，百兽惊。

桓山之禽别离苦，欲去回翔不能征。

田氏仓卒骨肉分，青天白日摧紫荆。

交柯之木本同形，东枝憔悴西枝荣。

无心之物尚如此，参商胡乃寻天兵。

孤竹延陵，让国扬名。高风缅邈，颓波激清。

尺布之谣，塞耳不能听。

所谓尺布之谣，是说汉代一首感慨兄弟相残的民谣："一尺布，尚可缝；一斗粟，尚可舂。兄弟二人不相容。"可以看出当时李白对这样的结果是多么地不服和不满。然而再不满也没办法，事情已经这样了。

就在皇室成员还忙于内斗的时候，叛军内部则是父子相残。安庆绪干掉了父亲安禄山，郭子仪趁着叛军内部不稳，在九月收复了西京长安。年底，玄宗回到长安。为了纪念，玄宗宣布赐酺五日，也就是说政府请客发福利，邀请一些人聚会吃喝五天。可惜，李白因为是戴罪之身，没有能够参与。

流夜郎闻　不预

北阙圣人歌太康，南冠君子窜遐荒。

汉酺闻奏钧天乐，愿得风吹到夜郎。

此时李白的遭遇也牵动着一位老朋友的心。作为朋友和后生的杜甫此时一直挂念着这个倒霉的文豪。"故人入我梦，明我长相忆。""冠盖满京华，斯人独憔悴。孰云网恢恢，将老身反累。千秋万岁名，寂寞身后事。"

肃宗乾元元年，公元 758 年，李白正式由浔阳出发，踏上了流放的路途。有意思的是，作为国民偶像的李白，流放的路途变成了旅途，不仅走走停停，到了名胜古迹还能去玩玩。能够将流放变为一次单程的旅行，不因为别的，就因为他是李白。

　　初夏，李白到了武昌。在这里，李白登上了黄鹤楼，眺望了鹦鹉洲。甚至还去听当地的音乐演奏，"一为迁客去长沙，西望长安不见家。黄鹤楼中吹玉笛，江城五月落梅花。"秋天，李白到了岳阳、江陵（荆州），一路上并无多少颓败之气。不仅游山玩水，甚至他的妻子和舅老爷都一直陪在他身边。

　　世界上有这么两种人，一种有路可走最后却无路可走，就好比屈原；一种无路可走却能自己给自己一条路，就好比李白。相比较同时代的其他人，他这一生能够游历名山大川，历尽繁华与败落，已经足够了。说不定此时李白还觉得，能够去一趟夜郎也不错呢。

　　冬天，李白到了三峡，这下感觉完全不一样了。一方面，前路艰险，妻子宗氏和舅老爷不能再送行，接下来的生活将是李白孤独终老的岁月。另一方面，李白是四川人，从二十多岁出蜀云游以来，再也没有回到巴蜀。这下过了三峡，就算是回到了故乡。

　　然而当时的三峡可没有大坝，湍急的水流让逆流而上显得非常困难。短短的黄牛滩，就要走上三天三夜。当年万里送行舟的故乡水似乎又在特地刁难，或者说在极力地挽留，或者说就是不愿让李白再入巴蜀。

上三峡

巫山夹青山，巴水流若兹。

巴水忽可尽，青天无到时。

三朝上黄牛，三暮行太迟。

三朝又三暮，不觉鬓成丝。

按照这样的速度，可能没到夜郎，李白就病逝了。毕竟五十八岁的李白已经是个不折不扣的老人了。

到了乾元二年（759 年）三月，李白才走完了三峡，到达白帝城休息。也正是这时候，关中发生了严重的旱灾。出于种种考虑，以肃宗为核心的中央政府决定大赦天下，死刑全部改为流放，流放及以下的因犯全部无罪释放。

想象一下，几个月前刚刚下定决心在夜郎孤独终老的李白得到这个消息，心情是多么地激动。从揭发安禄山叛乱无果开始，甚至说从第一次进入长安开始，李白就经历了一系列的挫折，也遭受了很多人的白眼与诋毁、中伤。而现在，豁然开朗。李白当即前往南平（重庆境内），找到他的远房弟弟李之遥，随后坐船沿江直下，前往江陵与家人会合。

路上，自然要经过三峡。这里水流湍急，当初路过的时候经历了数月，这下只要一天就能够到达江陵。当时的长江流域广泛分布着黑长臂猿，这种喜欢啼叫的动物总是能够引起唐朝诗人的遐想。而三峡的黑长臂猿啼叫在当时特别有名。

（顺便提一下，按照官方说法，中国的黑长臂猿目前仅仅分布于云南广西一带，其他地方的种群已经全部灭绝。但是，我曾经做过简单的调查，这种物种在皖南山区依然有目击事件和传闻，当地人称之为"猩猩"。）

耳边不间断的猿啼和江畔层叠的群山，让李白联想到了这些年来经历的一切。

早发白帝城

朝辞白帝彩云间，千里江陵一日还。
两岸猿声啼不住，轻舟已过万重山。

清晨，我离开了笼罩在彩云之中的白帝城，当初走了几个月距离千里的江陵一天就能到达。虽然两岸的猿啼一直没有停止，可是我的轻舟已经稳稳当当地过了一重又一重的山峦。

毫不客气地说，这首七言绝句是唐人七言绝句之冠冕。后世对这首诗的评价极高，用明代杨慎（"滚滚长江东逝水"的作者）的话说，这首诗是真的做到了"笔落惊风雨，诗成泣鬼神"。这种压抑之后突然迸发的激情，原本就不是每个人都能体会的，加上仅用了二十八字的精妙绝伦，我实在找不到什么辞藻去夸耀这首绝作了。

接下来的日子，老当益壮的李白再现驴友本色。沿江直下似乎让他找到了当年"仗剑去国，辞亲远游"的豪情壮志，他在荆楚、湘赣之间重游旧地。尽管在江夏还大病一场，但都改变不了他的心情。

《庐山谣寄卢侍御虚舟》

——我的梦想，或许已经不在

在潇湘，在荆楚，李白故地重游，仿佛是为了找到或者说已经找到了年轻时候的感觉。然而有一点我们可以确定，那就是李白真的已经老了。

李白和妻子宗氏感情之所以好，除了都喜欢文艺外，还因为他们的宗教信仰相同，都是道教徒。经历了这么多悲欢离合，宗氏下定决心要去庐山修道。李白也有了安心修道的想法，但是他可闲不下来，妻子想安安心心地待在庐山，而李白则对云游更感兴趣。在庐山安顿好妻子后，李白在一首诗中表明了自己的立场。

庐山谣寄卢侍御虚舟

我本楚狂人，凤歌笑孔丘。手持绿玉杖，朝别黄鹤楼。

五岳寻仙不辞远，一生好入名山游。

庐山秀出南斗傍，屏风九叠云锦张。

影落明湖青黛光，金阙前开二峰长，银河倒挂三石梁。

香炉瀑布遥相望，回崖沓嶂凌苍苍。

翠影红霞映朝日，鸟飞不到吴天长。

登高壮观天地间，大江茫茫去不还。

黄云万里动风色，白波九道流雪山。

好为庐山谣，兴因庐山发。

闲窥石镜清我心，谢公行处苍苔没。

早服还丹无世情，琴心三叠道初成。

遥见仙人彩云里，手把芙蓉朝玉京。

先期汗漫九垓上，愿接卢敖游太清。

这个卢虚舟，是曾经跟李白一起在庐山游玩的朋友。这里还提到了神话中的超级驴友卢敖。

卢敖是个秦代齐国的学者（传说，大家不要当真），喜欢四处游历。有一次，卢敖驾着马车到了北海，在一个叫蒙谷的地方遇到了一个怪人。大老远地望去，这个人在跳舞，走近的时候，这个人停止了舞动，蜷缩在一只大乌龟上吃海鲜。

卢敖很高兴，就跟那个怪人说：咱俩都是驴友，天下驴友是一家，咱们交个朋友吧。

结果这个怪人说：你等级太低，我去过的地方你都去不了。哎呀不说了，我跟汗漫约好了去九霄云外玩的，我先走了啊，再见。

说完，这个怪人腾空而起，化作一个不明飞行物，消失在云端。

如此，李白是把自己当成这个怪神仙了，而把卢虚舟比作卢敖。意思是想拉着卢敖一起云游修道，哪天羽化成仙了一起去太清境界玩玩。

李白想趁着自己最后的时光继续云游，妻子则想留在庐山找到当时的著名女道士李腾空专心修炼。李白没劝阻他的老伴，也没有放弃自己的梦想。他陪着妻子在庐山寻找李

腾空。冬天，就与妻子分别，好让她潜心修炼。然而，这一别，就是永远。

上元二年（761年）春天，李白在金陵、皖南一带流落。适逢乱世，日子已经不像以前那么好过了。之前是云游，这下只能算流落了。其实，李白嘴上说放下一切不过问俗世，安安心心地修道云游，实际上，他依然在关心着局势，希望能够再为平叛献出一份力量。

秋天，李光弼的军队进驻扬州北边一带，与史朝义的叛军对峙。李白主动请缨，前去投奔。可是岁月不饶人，李白半路上经不起折腾，一病不起，只得留居金陵。这下，他算是错过了最后一次机会。没多久，宣城的好朋友，著名酿酒师纪叟病逝，这给了李白很大的触动。

哭宣城善酿纪叟

纪叟黄泉里，还应酿老春。

黄泉无李白，沽酒与何人？

纪老先生在黄泉里肯定也闲不住，还要酿好酒。可是九泉之下，没有我李白，你卖酒给谁呢？

言下之意，已经很明确，纪老先生你等着吧，等你黄泉的酒酿好了，我也来了。自己的身体，往往自己最清楚。但是李白并没有因此安定下来，既然去日无多，何不最后潇洒一回？于是他在今天的安徽南部地区继续游历，虽然跟年轻时候比起来有那么点吃力和萧条。

晚秋时节，李白来到了五松山下，天色已晚。此时已经不同于开元盛世，四处有旅店，李白只能借宿于民居。然而李白作为国民偶像的魅力并没有过多地衰减，民居的主人，一位姓荀的年长妇人，非常热情地招待了李白。

宿五松山

我宿五松下，寂寥无所欢。
田家秋作苦，邻女夜春寒。
跪进雕胡饭，月光明素盘。
隐私惭漂母，三谢不能餐。

曾经御手调羹、龙巾拭吐的李白，对一个普通农妇的招待却如此地感激涕零。他的时间不多了，他也没有能力再尽散千金了。韩信年轻的时候寄宿在漂母（帮别人洗衣服的老妈妈）家，待以后飞黄腾达还可以报答。李白是真的老了，他的未来不是梦，因为他的梦已经结束，与之一同结束的还有大唐的盛世。仅仅一碗粗糙的菰饭，都是李白再也没有能力报答的恩赐。

在当涂，李白的远房叔叔李阳冰担任此地县令。接下来的几个月里，李白都在病痛中度过。公元762年晚春，李白进行了最后一次旅游，在宣城、南陵简单地逗留，就回到当涂，安心整理自己的诗稿。

在几十年的时间里，李白总共创作了至少上万的诗歌曲赋，然而这时李白能够整理出来的，只有不到一千首。他的病情每况愈下，由于长期酒精中毒，李白得了非常严重的脓胸病，到这个时候甚至已经出现胸腔穿孔。在那个时代，这是绝症，就是在今天也不好治。

十一月，李白将自己所有的稿件全部托付于远房叔叔李阳冰，之后不久，与世长辞，葬于当涂县境内的大青山。后来为了纪念他，又在采石矶建立了一个衣冠冢。

当然，也有另一种说法。说李白某天夜里在采石矶一边坐船，一边喝酒。喝得醉了，看见水中月亮的倒影，忍不住好

奇去捞月，一不小心，坠江而死。

后来的传说更离奇，说李白在采石矶酒后捞月掉进江里，被一头大鲸鱼给救起来。李白就坐着这头鲸，在江水里游啊游，最后升天了……

无论是衣冠冢还是大青山的李白墓，这两个坟我都去过，都为李白写了点东西，在衣冠冢写了一首七律，前面我已经提到过。在大青山的时候，我和一些朋友一起，既然是正式的李白墓，自然也要带点酒水去慰问下他老人家。我也难免班门弄斧，给他老人家写了篇祭文。

祭李太白文（并序）

维公元二零一二年，岁次壬辰，四月三日，携芜湖、采石诸好友会于当涂，祭唐诗人翰林待诏李太白曰：

仰公仙逸，卓然超群。景行盛世，仰止诗文。
郁郁章华，溢彩流金。万世被泽，美誉于今。
登仙捉月，踪迹尚存。两地毗邻，感君英魂。
缅哉怀哉，我辈后人。无有长物，略备佳春。
尚飨！

说起来，如果我们相信神秘力量的话，我跟李白还有不浅的交情。那次去李白衣冠冢，还买了一把折扇作为纪念品，一面画着李白的头像，一面是《将进酒》，我很喜欢。到了夏天，这把扇子都是随身携带。

差不多前年初夏，我与一个漂亮女生（你懂的）一起去采石矶玩，当然免不了去衣冠冢看一看。玩了差不多一天，回去的时候已经是下午。我们在采石镇上往公交站走着，那种感觉自然是很暧昧的。至于插在后面口袋的扇子，我就没怎么注意了。

突然，后面一位大妈的声音呼唤道：小伙子，你的扇子掉了。我伸手一摸，果然，扇子丢了。大妈将扇子捡起来交给我，女生却显得极其尴尬。

我正摸不着头脑，她尴尬什么。憋了几秒钟，她羞答答地对那个大妈说了句：大姑，先别告诉我爸我妈……

我一时没反应过来，硬着头皮随口说了句：大姑好，初次见面……我语塞了，大妈却笑得很开心，向女生使了个赞许的眼神，就离开了。那感觉仿佛在告诉她：好好玩，我就不打扰你们小两口了……

目送走了大妈，我打开手中的折扇，冥冥之中，我仿佛看到了扇面的李白冲着我笑，透露出一种善意的狡猾。我亦会心一笑，看来当初的诗、文、酒都没有白送。没多久，暗恋变成初恋，也差不多就是在她的怂恿下，我走上了写书赚钱的不归路。

《望岳》

——落榜青年的不屈

他是隐藏极深的富二代，他历尽坎坷，却又衣食无忧。他曾经是朝廷命官，也曾经是无业游民。在唐朝诗人中，他是与李白比肩的高峰，让后人不可逾越。他就是杜甫。在接下来的几章里，我会尽力为大家还原一个不一样却真实的杜甫。

跟李白不同的是，杜甫的家世我们一清二楚，父母都是数一数二的世家望族。他出身京兆杜氏，是初唐著名诗人杜审言的孙子，父亲也是唐朝政府的工作人员，家里亲戚清一色的政府官员。母亲崔海棠，出身清河崔氏，是当时北方第一望族。唐初修订《氏族志》更是将崔氏排位第一（可惜太宗李世民不高兴，最后依然把崔氏排在了第三位，在李氏和长孙氏之后）。

相比四川的瓜娃子李白，杜甫就是个标准的高富帅。杜甫出生在河南巩县，比李白小十一岁，出生于公元712年。李白二十多岁才离开四川，而杜甫六七岁的时候就跟着家人公费旅游了。按照可靠的资料，杜甫六岁的时候曾经跟随家人前往郾城观看著名舞蹈艺术家公孙大娘的剑器舞。这种舞蹈在今天的朝鲜半岛依旧可以看到。不管怎么说，这也能说明杜甫的出身是相对很好的。

出自这样的家庭，杜甫童年不仅可以出游，还可以在自家的庭院中随意玩耍。他家庭前有很多果树，每到八月，家里的梨子、枣子都熟了，调皮的小杜甫每天上树吃水果无忧无虑地在庭院中自在地玩耍。

大约十九岁的时候，杜甫就开始到各处游历了。因为杜家在很多地方都有田产，所以杜甫丝毫不用担心旅游的衣食住行，也不存在李白当时朋友病死了没精力埋葬的窘境。十九岁到二十三岁，大约五年的时间，杜甫在山西、吴越一带可劲儿地玩。

直到开元二十三年，这个无所事事的公子哥才想到应该抓紧时间去实现自己的梦想。于是他前往长安，准备参加科举考试，也混个一官半职。

你觉得，一个前几年一直在游山玩水的人，能考得上？没有悬念，杜甫落榜了。要知道，科举考试可不是考你文章好不好，写诗也只是作为副科，真正需要考的重点是对国家大政方针或者儒家思想提出自己的见解。在唐代，甚至还有专门考数学的科举科目。不过，很显然杜甫除了写诗以外，其他的都有些生疏——谁叫他裸考。

我们之前说过，李白如果经受不了挫折他就不是李白。同样，杜甫如果轻易屈服那么他也就不是杜甫了。经历这次打击之后，这个公子哥并不服气，继续发奋努力地……旅游。纨绔不饿死，这话简直就是他在说自己。

杜甫玩，也要玩出水平。可能是南北差异，相比经常在南方转悠的李白，杜甫则更喜欢在河南、河北、山东一带鬼混。他落榜后的第一站，就是山东泰山。

我觉得，可能杜甫很喜欢那种站在大平原上遥望大山的感觉，所以当他看到巍峨的泰山的时候，就被这种气势深深震撼。仅仅是远望，就已经让他心怀向往，写下了著名的《望岳》。

岱宗夫如何，齐鲁青未了。

造化钟神秀，阴阳割昏晓。

荡胸生层云，决眦入归鸟。

会当凌绝顶，一览众山小。

　　不知从什么时候起，开始有人刻意地将李白和杜甫区分开，人为将李白定义为浪漫主义，把杜甫定义为现实主义。实际上，唐人更喜欢把李杜并称，古人非常能够理解这两人的共通之处。无论是济苍生安社稷的豪情壮志，藐视一切的傲岸不屈，积极向上的盛唐精神，悲天悯人的儒者情怀，浪迹江湖的侠客主义，他们都是相同的。他们所不同的，更多的是中年以后，李白处江湖之远，自然多忧其君，更倾向于纵情山水；杜甫居庙堂之高，自然多忧其民，更倾向于讽谏时事。

　　而这首失意之下的《望岳》，年轻的杜甫体现出的正是那种傲岸与积极。当然，我不建议大家跟他一样，每次都自信满满地裸考。

　　杜甫在山东、河北一带整整玩了五年。可能大家会觉得奇怪，这要是李白，五年可能已经玩了七八个省份了，怎么杜甫走路这么慢。其实，原因就在于杜甫跟李白不一样，李白是驴友，爱好是旅游。而杜甫，爱好是打猎。

　　如果说李白是个剑术一流的剑士，杜甫则是个弓马娴熟的弓箭手。除了和李白一样纵酒赋诗、结交朋友以外，杜甫每到一地都要展现他的骑射技艺，可以说是到处游猎。当时的杜甫完全不是之后那个诗里头穷困的寒士，而是一个穿着名牌皮大衣，骑着高头大马，带着弓箭的游侠儿。每到冬天，他都要带上自己养的猎鹰、猎犬，骑马射箭，围捕猎物。

　　而他的骑射功夫更是了得，他骑着马快速追逐惊飞的鸟儿，双手放开缰绳，根本不用瞄准，开弓放箭，一只鹳一样大小的鸟儿就被射下来，整个过程一气呵成，绝不拖泥带水。用他自己的话说就是：

……

性豪业嗜酒，嫉恶怀刚肠。脱略小时辈，结交皆老苍。

饮酣视八极，俗物都茫茫……

放荡齐赵间，裘马颇清狂。春歌丛台上，冬猎青丘旁

呼鹰皂枥林，逐兽云雪冈。射飞曾纵鞚，引臂落鹙鸧……

有意思的是，杜甫的游猎生活为他提供了丰富的野外求生知识。野外啥玩意能吃，啥玩意不能吃，哪有能吃的玩意他一清二楚，简直就是唐代的"贝尔格里尔斯"。而且，这些荒野求生知识是杜甫的一笔宝贵财富，后来他做"长漂"，这些知识帮了他很大的忙，我们后面会提到。

如果你觉得杜甫家仅仅有钱到这个地步，那你可就错了。玩了整整五年，杜甫打算找个地方定居下来，歇一歇，于是跑到当时的四大一线城市（长安、洛阳、扬州、成都）之一的洛阳，买了一套房。

能够在一线城市随手买套房或许有点夸张，实际上我再跟您开玩笑，杜甫并不是买了一套房，也不是租了一套房。而是自己开发房地产，搞了套私人庄园，叫陆浑庄。

所以我们不难理解，天宝三年，李白赐金放还路过洛阳怎么就认识了杜甫。我猜测，可能李白当时干脆就在杜甫的庄园住下了。接下来几年的事情，前面我介绍李白的时候已经一笔带过了，就不赘述了。大家不要觉得我懒，俺卖书是按字数赚钱的，多写点我是乐意，可您觉得俺啰唆了，不就得罪衣食父母了吗？

不过，说到稿费，不得不提杜甫早年生活对他的消极影响。首先，他没有生活压力，不会向李白那样很早就把名声打出去，就算再困难，靠着诗歌的稿酬与润笔之资也能过过日子。杜甫的诗名，仅仅局限于圈内，直到他晚年，诗文才逐渐流传，然后与李白齐名，可是那时已经是兵荒马乱，稿费本来

就不好赚了。

其次，现在的优越生活让他的适应性更加差，这也是他后来面对困苦生活叫苦不迭的原因之一。相比于李白等人的洒脱，杜甫的洒脱是有条件的，有前提的。同样是四处献赋献诗，李白就可以想得很开，在杜甫眼里就是"朝扣富儿门，暮随肥马尘。残杯与冷炙，处处显悲辛"。

天宝四年，杜甫与李白在山东分别，之后就再也没有机会见面。或许是受到李白的感染，杜甫再次下定决心，前往长安谋取功名。

天宝六年，开科取士，杜甫满怀信心参加科举。可是，开元盛世已经过去，浮靡之气开始弥漫帝国的上层。连面见了皇帝的李白都不得不请求回家，杜甫就算考中了又如何呢？而真实的情况，更让人瞠目结舌。

这次考试，不仅杜甫落榜了，所有人都落榜了。也就是说，这次考试没有一个人录取。作为主考官的宰相李林甫，却在玄宗面前提出了非常合理的解释：恭喜陛下，贺喜陛下，这次科举考试，竟然没有一个人中举！

唐玄宗莫名其妙，怎么这么个情况还祝贺我。李林甫接着解释道：没有人中举，说明现在已经没有被政府遗弃的人才了啊！

如此无厘头的说法，让人不禁想起那个坟墓里没有发现电线说明古代有无线电的笑话。

然而，唐玄宗竟然不管不问，任李林甫胡闹。而李林甫的目的，无非是担心政坛的新兴势力威胁到他们这些人的地位罢了。

其实，唐玄宗未必不知道李林甫的想法。矮子里找长子的道理，这个用脚指头都能想清楚，除非参加考试的人都交了白卷。古代君主制度最大的弊病就在于，皇帝当久了也会烦。而像李隆基这样爱玩的皇帝，早年压抑久了，这会儿碰上个杨贵妃，肯定会释放久违的激情与惰性。他快活了，对国家大事不管不问，多一事不如少一事，穷奢极欲，享受着爱情的甜蜜。而像杜甫这样的读书人，则只剩下无穷无尽的伤感与心寒。

我觉得，如果没有这个挫折，杜甫可能真的就乐意安安心心地在政坛慢慢发展，做个安分守己的官员，就和他的祖辈父辈一样，充其量就是个宫体诗人。然而这次挫折，让倔强的杜甫做出了一个决定——放弃在洛阳的幸福生活，在长安做"长漂"！

这一漂，就是整整九年，也正好是唐朝国运极速下降的九年。

《自京赴奉先县咏怀五百字》

——"长漂"青年

杜陵有布衣，老大意转拙。许身一何愚，窃比稷与契。
居然成濩落，白首甘契阔。盖棺事则已，此志常觊豁。
穷年忧黎元，叹息肠内热。取笑同学翁，浩歌弥激烈。
非无江海志，潇洒送日月。生逢尧舜君，不忍便永诀。
当今廊庙具，构厦岂云缺。葵藿倾太阳，物性固莫夺。
顾惟蝼蚁辈，但自求其穴。胡为慕大鲸，辄拟偃溟渤。
以兹误生理，独耻事干谒。兀兀遂至今，忍为尘埃没。
终愧巢与由，未能易其节。沉饮聊自遣，放歌破愁绝。
岁暮百草零，疾风高冈裂。天衢阴峥嵘，客子中夜发。
霜严衣带断，指直不得结。凌晨过骊山，御榻在嵽嵲。
蚩尤塞寒空，蹴蹋崖谷滑。瑶池气郁律，羽林相摩戛。
君臣留欢娱，乐动殷膠嶱。赐浴皆长缨，与宴非短褐。
彤庭所分帛，本自寒女出。鞭挞其夫家，聚敛贡城阙。
圣人筐篚恩，实欲邦国活。臣如忽至理，君岂弃此物。
多士盈朝廷，仁者宜战栗。况闻内金盘，尽在卫霍室。
中堂舞神仙，烟雾散玉质。煖客貂鼠裘，悲管逐清瑟。
劝客驼蹄羹，霜橙压香橘。朱门酒肉臭，路有冻死骨。
荣枯咫尺异，惆怅难再述。北辕就泾渭，官渡又改辙。

群冰从西下，极目高崒兀。疑是崆峒来，恐触天柱折。
河梁幸未坼，枝撑声窸窣。行旅相攀援，川广不可越。
老妻寄异县，十口隔风雪。谁能久不顾，庶往共饥渴。
入门闻号咷，幼子饥已卒。吾宁舍一哀，里巷亦呜咽。
所愧为人父，无食致夭折。岂知秋禾登，贫窭有仓卒。
生常免租税，名不隶征伐。抚迹犹酸辛，平人固骚屑。
默思失业徒，因念远戍卒。忧端齐终南，澒洞不可掇。

    杜甫在长安的生活，完全不像当年游历一样逍遥自在了。一方面，他在长安没有田产，只能勉强讨生活。那个时候，商品经济还不发达，如果在某地没有田产，那么很难过上好日子，除非有俸禄，或者大块的封邑，出产的粮食满足家人生活需要之后还足够路上运输人员的开销。另一方面，这个时候他老爸也去世了，原本可以享受的俸禄没有了，或者说白了就是没老可以啃了。李白虽说云游天下，可是基本上大本营没怎么变过，也是因为田产。

    还有一个不是原因的原因，杜甫年轻的时候没有把握住机会出名，此时的文坛上李白等前辈已经声名鹊起，所以也很难赚取润笔稿费什么的。何况，杜甫认为"名岂文章著"，对于这些，大抵是有些不屑一顾的吧。

    前面已经说过，相比于李白，杜甫更受不了委屈。李白对于蹭吃蹭喝没什么心理障碍，觉得是咱关系铁，我人缘好。而杜甫受不了这个委屈。实际上唐朝土豪很愿意结交这些文青，所以李白才可以混得很好。但是作为曾经请文青到处游山玩水骑马狩猎的小土豪杜甫来说，心理上还是接受不了。

    在长安南郊，杜甫也有个远房亲戚，也是他的晚辈，名叫杜济，按照辈分是他的族孙。杜甫原本去找过他帮忙，但是受不了那个脸色，也就作罢了。

    说到这里，大家可能觉得杜甫有点傲娇，李白有点吊儿郎当，但是实际上就是这样。不过，很快杜甫找到了一个可以谋生的手段，虽说过不上好日子，但是自给自足，心理上好受些。作为一个野外求生专家，杜甫对于药理和采药，颇有心得。

但是，在那个小地主都无法保证生活的困顿时代，他身为一个摆药摊的，自然好不到哪去，甚至这还只是兼职，他还得一边寻找去政府部门工作的机会。于是，曾经在洛阳齐鲁叱咤风云的高富帅瞬间变成了衣衫褴褛的穷书生。

天宝十年（751 年），杜甫终于被唐玄宗注意到了，打算对他进行一系列考核。天不遂人愿，偏偏这个时候，杜甫得了疟疾，所以一拖再拖，直到天宝十一年，杜甫才参加考试，却再一次石沉大海无消息。

日子便是这样，似乎确凿是有些许困顿了，然而作为一个男子，大抵是不愿让妻儿一同受苦的吧。天宝十三年（754 年），国家经济开始出现大萧条，秋天的水灾加重了长安物价上涨的幅度。杜甫为了避免妻儿跟着受苦，将他们暂时送到长安北边的奉先县里居住，自己仍留在长安，等待机会。

天宝十四年十月，杜甫终于混上了一个"右卫率府兵曹参军"的职位，听起来貌似很厉害，实际上就是给兵器库看大门。但是不管怎么说，对已经在长安奋斗了十年的杜甫来说，这已经足够了。原本朝廷给他安排了一个县尉（县公安局局长）的工作，虽然官位高一点，但是工作任务是镇压饥民和收税，这样得罪人又伤阴德的事，杜甫死活不干。这次这个机会，杜甫可不想放过，好歹请求调任了一个职位，心里也算好过了。

杜甫觉得，有脸回去探望家人了，他去奉先县想把家人接到长安，一起过上安稳的日子，苦日子到头来，貌似他不久之后也可以像祖父、父亲一样成为朝廷命官，日渐腾达。

其实，在杜甫还在路上的时候，安史之乱已经爆发，而在这之前，国家的经济衰退之迅速也超过了他的想象。连作为不用缴纳租税的特权阶层，杜甫的小儿子都已经在家因为饥荒饿死。所以杜甫一回到家，扑面而来的不是喜悦而是悲愤。

就连身为基层官吏和知识分子的家庭，都免不了在这场经济危机中受到如此大的影响。那么那些平民百姓，那些自耕农，已经不知道到了什么地步了，很多没有土地的佃户应该已经在逃荒了。而边疆的士兵，或许也在忍饥挨饿。整个国家，已经处在亡国的边缘，一个历史奇点的风口浪尖。

于是，在长安的几年漂泊生涯，在他面前历历在目，路上经过骊山时那些权贵享受锦衣玉食的场景，让他几乎咬牙切齿。他后悔没有尽到父亲的责任，他痛恨长安的那些权贵。

当年，他怀揣梦想来到长安，为的不仅仅是让自己飞黄腾达，更是想为国家出一份力。但是，这个王朝给他的是什么呢？就在这天凌晨，他经过骊山，唐玄宗的度假胜地。在这里，权贵们享受的生活仿佛在另一个时空，外界的饥寒交迫完全与他们无关。

"蚩尤塞寒空，蹴踏崖谷滑。瑶池气郁律，羽林相摩戛。

君臣留欢娱，乐动殷樛嶬。赐浴皆长缨，与宴非短褐……朱门酒肉臭，路有冻死骨。"

大雾弥漫在寒冷的天地之间，我在结了霜露的湿滑道路上行走。天子的华清池那边却暖气蒸腾，羽林军密密麻麻，排列整齐。皇帝和达官显贵们流连于娱乐，音乐的声音响彻即将破晓的天空。能够有幸允许在温泉里洗浴的都是戴着长头巾的贵人，参与宴会的自然不是我这样的寒士。

那些朝堂上分赐的朱帛，哪个不是妇人们辛辛苦苦的劳动成果？政府将这些作为税收，勒令她们的夫家缴税，将其聚敛到京城。这也就算了，皇帝封赐的时候，都是成筐成筐地送！好吧，这无非也是希望国家能够好起来。但是那些大臣如果没有这样的思想觉悟，这些东西不等于是被皇帝扔掉了吗？

呵呵，朝廷现在有很多"名士"啊，咱们这些人要有危机感啊！实际上，更多的财富，还是在国舅家里。他们家的私人舞女都像仙女似的，弥漫的香雾更显得她们的身材婀娜。客人穿的都是华丽的皮草，家中各种名贵乐器交相呼应。他们家劝客人吃的都是用骆驼蹄制作的羹汤（生产力限制，那时候人酷爱吃肥腻的食物，骆驼生活在沙漠，在有蹄类家畜中脚掌最为厚实），甜点都是特地从南方运来经过霜打的橙子（这样的橙子更甜）和香喷喷的橘子。

但是，就在他们红色的大门里飘着诱人的香气的时候，有谁想过，路边还有饿死的饥民没人埋葬！

实际上，在这之前，杜甫就已经开始表示出对朝政的担忧。其中，《丽人行》《兵车行》，更是其代表作。尤其是《兵车行》，已经展现了他对于唐帝国穷兵黩武会导致经济问题的担忧。

车辚辚，马萧萧，行人弓箭各在腰。

爷娘妻子走相送，尘埃不见咸阳桥。

牵衣顿足拦道哭，哭声直上干云霄。

道旁过者问行人，行人但云点行频。

或从十五北防河，便至四十西营田。

去时里正与裹头，归来头白还戍边。

边庭流血成海水，武皇开边意未已。

君不闻汉家山东二百州，千村万落生荆杞。

纵有健妇把锄犁，禾生陇亩无东西。

况复秦兵耐苦战，被驱不异犬与鸡。

长者虽有问，役夫敢伸恨？且如今年冬，未休关西卒。

县官急索租，租税从何出？信知生男恶，反是生女好。

生女犹得嫁比邻，生男埋没随百草。
君不见青海头，古来白骨无人收。
新鬼烦冤旧鬼哭，天阴雨湿声啾啾！

很不凑巧，被他言中了。不仅千村万落生荆杞，不仅禾生陇亩无东西，不仅他的小儿子都因为缺乏食物而死，此时此刻，安禄山的叛军，正在势如破竹地进入中原。

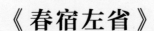

《春宿左省》

——其实我真的很忙

我们都知道，安史之乱爆发后，老杜的创作热情也爆发了，毕竟，穷而后工。这个穷倒不是说贫穷，而多是指困窘。在这段时期，杜甫经历了无数波折。

公元 756 年，局势日渐危急，杜甫不得不暂时放下手中的工作，请了假再次回到奉先县，通过一个舅舅的帮忙，他的家眷被迁到了远离战火的鄜州（今天的延安附近，想不到吧，革命圣地也有这样的浪漫往事）。刚刚安顿下来，就传来了一个半好不好的消息——太子在灵武（今宁夏）宣布即皇帝位，尊在四川避难的唐玄宗为太上皇。

说是好消息，因为这说明毕竟还有一个中央政府在抵抗，可以凝聚人心。南明之所以迅速溃败，很大程度上是因为没有一个合法的、服众的皇帝。说是坏消息，因为一个在灵武，一个在成都，说明长安可能一时半会收复不了了。

天下兴亡，匹夫有责。杜甫下定决心，前往灵武找到中央政府，为平叛出一份力。于是，他再一次告别家人，踏上了征途。

然而不幸的是，杜甫是个路痴，至少他不太认得去灵武的路。走着走着，反而离长安越来越近，还遇上了奇怪的乞丐，他几乎体无完肤，越看越眼熟，眉清目秀、细皮嫩肉的，一点不像劳动人民，更不像专业乞丐。最有意思的是，身上穿着的衣服虽然破烂，但是料子实在不错，腰上还挂着各种珍贵的玉佩。

杜甫很奇怪，问他到底是谁，他就是不肯说，仿佛一说出来，一些极可怕的事情就会发生一样。杜甫仔细看了看，这……这不是那谁吗，堂堂皇室成员啊！

确实，仅仅一两个月前，他还是京城的公子哥。唐玄宗仓皇入蜀，只带了杨贵妃一家子和少数皇子，安史叛军进入长安后，大开杀戒，屠杀皇室公主、皇子一百多人。相比而言，这哥们已经是不幸中的万幸，算是幸存者了。老杜心软，虽说当时他们锦衣玉食自己儿子饿死的时候对他们咬牙切齿不屑一顾，这会儿国家危难，安禄山这个外裔华人（安禄山是中亚人，搁现在也是外国人）带着部队打过来了，也顾不得内部阶级矛盾了。

杜甫写了一首《哀王孙》，权当安慰和劝诫：

长安城头头白乌，夜飞延秋门上呼。
又向人家啄大屋，屋底达官走避胡。
金鞭断折九马死，骨肉不得同驰驱。
腰下宝玦青珊瑚，可怜王孙泣路隅。
问之不肯道姓名，但道困苦乞为奴。
已经百日窜荆棘，身上无有完肌肤。
高帝子孙尽隆准，龙种自与常人殊。
豺狼在邑龙在野，王孙善保千金躯。
不敢长语临交衢，且为王孙立斯须。
昨夜东风吹血腥，东来橐驼满旧都。
朔方健儿好身手，昔何勇锐今何愚。
窃闻天子已传位，圣德北服南单于。

花门剺面请雪耻，慎勿出口他人狙。

哀哉王孙慎勿疏，五陵佳气无时无

　　然而杜甫并没有觉察在这里遇上皇室成员有啥不对劲，他继续上路，没多久，就回到了长安城边，被叛军给抓过去了。作为唐朝的基层军官，杜甫也和王维一样被软禁起来，甚至有段时间两人还关在一个地方。

　　天无绝人之路，杜甫早年一直不出名，对他也有好处。与王维不同的是，叛军没有为难他，既没有过分限制其自由，也没有强制授予他伪政府的官职。呃，当然了，不是因为杜甫的气场强大，而是因为实在没必要对一个看武器库大门的俘虏花那么多心思……

　　这样说的话，那时候的安史叛军还比较人道，做到了优待俘虏，虽然说那时候没有联合国和《日内瓦公约》。这就是文明的可贵之处，即使有国联和《日内瓦公约》，某些国家在二战的时候依然不懂这个道理。

　　所以，杜甫虽然没办法出城，但是时不时地可以在城中溜达，放放风。不过，这时候在长安城中溜达可不能逛街，因为压根儿没有街可以逛，整个长安城就像被核爆了一样死气沉沉，除了叛军和叛军的家眷，几乎只剩下衣衫褴褛的难民和被强行征发来的仆役。

　　相比较白天，这时候的杜甫更喜欢夜晚。或者说，他的思维在夜晚才会更加活跃。八月，他的家人终于和他取得联系，知道了他的下落。可是，这个知道还不如不知道。

　　转眼就是中秋节，老杜和家人分居两地，要命的是自己还是个半软禁的囚犯，或者说俘虏。唯一值得欣慰的，大概就跟苏东坡说的一样，人都齐活着呢，相隔千里但是看的是同一个月亮。杜甫开始思念自己的妻子，想象着她的容貌，慢慢地，又一首千古名作诞生了。

月夜

　　今夜鄜州月，闺中只独看。
　　谁怜小儿女，未解忆长安。
　　香雾云鬟湿，清辉玉臂寒。
　　何时倚虚幌，双照泪痕干。

　　今天夜里鄜州的月亮，只有你一个人在闺中看着了。家里的孩子们都很可爱，但是可能还不明白什么是思念，也不理解你对我身居长安的担忧吧。雾气升起来，打湿了你散着幽香的黑发，月亮的光投过来，让你的手臂觉得寒冷。什么时候，才能再一次和你一起靠在窗边，让月光照干我们的泪痕。

　　家人这个概念，总能激发人的求生欲望和潜能。第二年春天，也就是至德二年（757年），局势出现了变化。正月，张巡等人成功地组织了睢阳保卫战，牵制、阻击了大量叛军，为主力军平叛、收复失地争取了时间。而叛军内部也出现分歧，安禄山本人身患重病，双目近乎失明。其子安庆绪野心勃勃，开始了自己的篡位计划。没多久，安庆绪刺杀安禄山，继位为"皇帝"。

　　四月，趁着叛军乱成一锅粥的时候，杜甫刺溜一下出了长安的金光门，前往当时的中央政府临时所在地凤翔（今宝鸡市东北部）。或许是叛军也知道在长安待不了多久了，劫掠的事情愈演愈烈，杜甫一路上只看得见满目疮痍，虽然是城市里，却草长莺飞。那时候城市不太讲究绿化，城市里花多草多，只能说明荒凉。去年这个时候，这里还是首都，是当时世界上最大的城市之一。

　　这一路上，杜甫诗兴大发，感慨万分。

春望

国破山河在，城春草木深。
感时花溅泪，恨别鸟惊心。
烽火连三月，家书抵万金。
白头搔更短，浑欲不胜簪。

都城长安已经沦陷，但是这个地方还在，城里的春天竟然草木茂密。这种感伤的时候，看到花眼泪往外直飙，眼看要逃离这里，鸟的叫声让我心里一阵阵发凉。战火已经连续几个月了，一直没有家人的消息，一封家书哪怕万金的价格我都舍得买（虽然我买不起）。心烦意乱，害得我这谢顶谢的呀，我自己都不好意思挠头了，几乎已经插不进簪子了。

出了城门，杜甫又经过了唐朝皇家园林附近的曲江，再一次百感交集。

哀江头

少陵野老吞声哭，春日潜行曲江曲。
江头宫殿锁千门，细柳新蒲为谁绿？
忆昔霓旌下南苑，苑中万物生颜色。
昭阳殿里第一人，同辇随君侍君侧。
辇前才人带弓箭，白马嚼啮黄金勒。
翻身向天仰射云，一笑正坠双飞翼。
明眸皓齿今何在？血污游魂归不得。
清渭东流剑阁深，去住彼此无消息。
人生有情泪沾臆，江水江花岂终极！
黄昏胡骑尘满城，欲往城南望城北。

一路狂奔，杜甫终于找到了组织。唐肃宗面对这样忠心耿耿用生命来找组织的人，怎么会不动心了，没多久，杜甫升任左拾遗，官居八品。

同志们，不要小瞧这个品级。首先，唐朝的品级制度跟后世不一样，唐朝三品以上就是虚衔，宰相一般就是三品，所以，老杜这个八品，大约相当于后世明清的七品。其次，左拾遗，专门负责给皇上提醒，为重要大臣们提供议案，相当于皇帝的文秘，这样的职位，品级不高，地位还是有的。领导的秘书，你敢得罪？

接下来的日子里，事态一直在朝着好的方向发展。由于睢阳保卫战的成功进行，叛军未能进入江淮地区，江南、两淮的赋税让政府军有了喘息的机会。虽说后来睢阳依旧失守，但是虽败犹荣，甚至是名败实胜，张巡仅仅靠一城之力和不足一万的正规军，依托城防工事和地形，抵御叛军足足十月，前后歼敌十万人。也就在睢阳陷落的前一个月，也就是这年九月，政府军顺利收复长安。

这样的当口，身为皇帝秘书的杜甫，自然是忙得不可开交。这年十月的一天，杜甫在长安的门下省值夜班。门下省作为三省六部之一，专门负责审核政令，在战争时期，工作效率非常重要。杜甫很早就来上班，差不多吃过晚饭的时候，他就已经到了门下省办公楼。夜里干完活，就只等着明天皇宫开门，上早班的官员们骑着马来上班了。我们现代人，这时候估计就在玩手机看朋友圈了，可是这些古时候毕竟还没有，所以杜甫只能用写诗来打发时间。

春宿左省

花隐掖垣暮，啾啾栖鸟过。
星临万户动，月傍九霄多。
不寝听金钥，因风想玉珂。
明朝有封事，数问夜如何。

　　我上班的时候，宫里的矮墙阴影已经让花丛看不清楚了，鸟儿也一边叫着一边回巢。现在工作差不多了，星星照耀着万户人家，一闪一闪的，月色到了天空最高点，越来越亮了。今晚就不睡了，安安心心地等着听明天门卫拿金钥匙开门的声音，趁着风声，畅想下以后骑马上朝马铃儿响叮当的情景。唉，明天还有文件要上交，心里也急，时不时地问同事现在几点了。

　　前阵子江湖传言，杜甫很忙。历史上，至少这段时间他真的很忙。

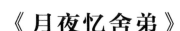

《月夜忆舍弟》

——月是故乡明

其实有时候人会被阶段性的成就冲昏头脑，杜甫也是这样。难得当上了左拾遗，杜甫还在喜悦之中，心想着怎么为国家尽一份力，却丝毫没有意识到这时候皇上其实已经开始对这个秘书心怀不满了。

还没到长安的时候，杜甫其实就因为瞎提意见跟皇上结下了梁子。这个瞎提意见倒不是说杜甫说得不对，而是说杜甫提这意见，一方面不合领导的意思，另一方面也不适合他来说这些话。

当时，肃宗手下有个宰相叫房管（不带局），这个人原先是跟着玄宗往成都跑的。肃宗被一帮子来不及逃往成都的官员和武将拥立为皇帝，玄宗也不得不承认既成事实（实际上他早就不想管这烂摊子了），干脆起草了一份退位诏书，让房管带过去。

正好肃宗手下没人，而且没个前一届中央政府大员的支持，总觉得不得劲，干脆就认命房管做了宰相。也就是说，这个人本来就不是肃宗的心腹，肃宗用他无非是让自己面儿上好看些，毕竟"名不正则言不顺"。

杜甫到了凤翔担任左拾遗之后没多久，叛军就杀上来了，向凤翔进犯。房管呢，估计是史书看多了，想起了当年田单火牛战，想来cos一把。他还真的向肃宗建议，抓个两千多头牛，后面绑个爆竹啥的，拖着无人战车冲向敌阵，破坏敌人的阵形。

肃宗还真的觉得有道理，还同意了。结果到了战场上，牛冲了一半，被叛军的喊杀声和鼓声给吓住了，反而冲过来把自己人的队伍给冲散了。

好在这时候叛军也是强弩之末，不然肃宗也要准备逃亡了。吃了败仗，自然要问责。房管也算识相，自己跑去承认错误：我错了，我不该瞎指挥瞎提意见，下次不敢了，绝对不插手军事。

肃宗毕竟也是参与者，也就没处罚房管了，毕竟处罚他自己面子上也不好看（处罚房管等于承认自己的决策有误）。不凑巧的是，不久之后房管家里的一个私人乐师违纪违法被人揭发，房管也因此遭到弹劾。

有了这个理由肃宗可不管那么多了，直接罢免了房管的官职。杜甫心里不服，再三向肃宗提建议：这么个小罪不至于免除朝廷大员啊！

然而，杜甫跟房管又是老朋友，这个大家都知道。原本房管出事只是个以生活作风为借口的罢免，这下好了，闹不好性质就变了——杜甫，会不会是房管的党羽呢？房管是不是在结党营私呢？肃宗心里起了猜疑，甚至一度让杜甫接受有关部门的审讯。

要不是门下省的负责人，也就是另一个宰相（唐朝宰相是委员制，一届政府有好几个宰相）张镐保着杜甫，说不定杜甫就再一次进了牢房。何况那是战争时期，别说帝国了，就是现在的美国，战争时期总统都是有独裁权的。万一哪天皇帝大发雷霆行使独裁权，说不定杜甫的命都没了。

可是，杜甫不以为然，依旧恪尽职守，为皇帝提建议、提意见。其实这倒没什么，关键就是房管的事，让肃宗看他不顺眼。一旦一个人看谁不顺眼，那个人做得再好也只能遭来厌恶，哪怕他是为你好，你也觉得他是跟你过不去。

至德二年（757年）农历闰八月，皇帝对杜甫的容忍到了极限，亲自写了一封诏书，特许杜甫回鄜州探亲。表面上看，皇恩浩荡，其实用现在的话说，杜甫被放了"长假"。最惨的是，因为还没有私家马（那时候的私家车），朝廷又没有配官马，他还是借了同事的马回的家。

然而，杜甫就是这样一个人，心里总是放不下国家。到了家，他依旧关心着国家大事，于是结合途中的所见，联系朝廷一些军事策略，写了一首长诗，献给皇帝。

北征

皇帝二载秋，闰八月初吉。杜子将北征，苍茫问家室。
维时遭艰虞，朝野无暇日。顾惭恩私被，诏许归蓬荜。
拜辞诣阙下，怵惕久未出。虽乏谏诤姿，恐君有遗失。
君诚中兴主，经纬固密勿。东胡反未已，臣甫愤所切。
挥涕恋行在，道途犹恍惚。乾坤含疮痍，忧虞何时毕？
靡靡逾阡陌，人烟眇萧瑟。所遇多被伤，呻吟更流血。
回首凤翔县，旌旗晚明灭。前登寒山重，屡得饮马窟。
邠郊入地底，泾水中荡潏。猛虎立我前，苍崖吼时裂。
菊垂今秋花，石戴古车辙。青云动高兴，幽事亦可悦。
山果多琐细，罗生杂橡栗。或红如丹砂，或黑如点漆。
雨露之所濡，甘苦齐结实。缅思桃源内，益叹身世拙。
坡陀望鄜畤，岩谷互出没。我行已水滨，我仆犹木末。
鸱鸮鸣黄桑，野鼠拱乱穴。夜深经战场，寒月照白骨。
潼关百万师，住者散何卒？遂令半秦民，残害为异物。
况我堕胡尘，及归尽华发。经年至茅屋，妻子衣百结。

恸哭松声回，悲泉共幽咽。平生所娇儿，颜色白胜雪。
见耶背面啼，垢腻脚不袜。床前两小女，补缀才过膝。
海图坼波涛，旧绣移曲折。天吴及紫凤，颠倒在短褐。
老夫情怀恶，呕泄卧数日。那无囊中帛，救汝寒凛栗。
粉黛亦解包，衾裯稍罗列。瘦妻面复光，痴女头自栉。
学母无不为，晓妆随手抹。移时施朱铅，狼藉画眉阔。
生还对童稚，似欲忘饥渴。问事竞挽须，谁能即嗔喝？
翻思在贼愁，甘受杂乱聒。新归且慰意，生理焉得说？
至尊尚蒙尘，几日休练卒？仰观天色改，坐觉妖氛豁。
阴风西北来，惨淡随回纥。其王愿助顺，其俗善驰突。
送兵五千人，躯马一万匹。此辈少为贵，四方服勇决。
所用皆鹰腾，破敌过箭疾。圣心颇虚伫，时议气欲夺。
伊洛指掌收，西京不足拔。官军请深入，蓄锐可俱发。
此举开青徐，旋瞻略恒碣。昊天积霜露，正气有肃杀。
祸转亡胡岁，势成擒胡月。胡命其能久？皇纲未宜绝。
忆昨狼狈初，事与古先别：奸臣竟菹醢，同恶随荡析。
不闻夏殷衰，中自诛褒妲。周汉获再兴，宣光果明哲。
桓桓陈将军，仗钺奋忠烈。微尔人尽非，于今国犹活。
凄凉大同殿，寂寞白兽闼。都人望翠华，佳气向金阙。
园陵固有神，洒扫数不缺。煌煌太宗业，树立甚宏达！

　　这诗太长，我就不翻译了，毕竟这不是我这次要讲的重点。这诗写得非常让人感动，对肃宗是晓之以理、动之以情，简直是诗体的《陈情表》《出师表》。肃宗貌似也受到了一点感染，假期结束后，并没有炒杜甫鱿鱼，而是让杜甫官复原职。

　　接下来的日子差不多是杜甫一辈子最最快乐的时光。春天，他很快和朝廷里的其他诗歌爱好者打成一片，比如王维、岑参、贾至等人，慢慢地名声也打出去了。整个乾元元年（758 年）春天，也是杜甫的春天。四月份，回到长安的太上皇玄宗去拜祖坟，杜甫还有幸一同前往。可惜啊，好景不长，又是这个房管，害了杜甫的前程。

本来没多少事，就是一个叫贺兰进明的武官嘴碎，说房管这个人，只忠于太上皇，不忠于皇上。这话，戳到了肃宗的痛处，碰到了逆鳞。肃宗一怒之下，将房管彻底贬职，一脚踹到了邠州当刺史。杜甫稀里糊涂成了房管的同党，贬为华州司功参军（华州在甘肃，老少边穷地区，司功参军大约相当于市里头一个局的领导）。

很值得感慨的是，杜甫这次走出长安城，也是金光门。于是，一首诗名特长的五言律诗诞生了。

至德二载甫自京金光门出问道归凤翔乾元初从左拾遗移华州掾与亲故别因出此门有悲往事（注意，这只是题目哦……）

此道昔归顺，西郊胡正繁。
至今残破胆，应有未招魂。
近得归京邑，移官岂至尊？
无才日衰老，驻马望千门。

表面上是自谦自叹，实际上也有对皇帝的不满在其中。而杜甫对这次走马上任的态度颇为消极，又是在蓝田旅游，又是回洛阳的陆浑庄省亲。直到乾元二年（759 年）春天，才正式在华州上任。这期间，杜甫还特地向中央政府提交议案，比如著名的《进灭残寇形势图状》，建议唐军避实击虚，打击盘踞在河南地区的叛军。可惜，石沉大海。才几个月，杜甫屁股一拍，索性辞职不干了，跑到了秦州一带（甘肃境内）暂时

居住。

于是，杜甫过上了有生以来，最最贫苦的一段日子。他居住在秦州的简陋屋子里，靠着微薄的积蓄勉强维持生计。每天能够就着薯头吃点小米饭，就已经是奢望。快要入冬，杜甫的生活越来越困苦，不得已，只得发挥他作为求生专家的本领，在山里寻找些可以做食物的植物。

这个时期的杜甫，甚至还不忘来一点幽默，他在一首诗中如是说道：我怕我的钱包空空拿出去太不好意思，特地在里面留了一文钱（囊中恐羞涩，留得一钱看）。这也是成语"囊中羞涩"的来源。

在这样的境况下，杜甫自然更加地想念在洛阳的幸福生活。他给家里的弟弟写了多封书信，可是都没有收到回信，一直得不到弟弟们的消息。可能是西北地区的空气质量不如洛阳，他总觉得这里的月亮没有洛阳的月亮明亮。在一个深秋的夜里，一只大雁从头顶飞过。我想，就是现在，离家在外的人看到大雁回家心里也不好受，何况在那个信息和交通不便的唐代。于是杜甫怀揣着对故乡和家人的思念，写下了著名的《月夜忆舍弟》：

> 戍鼓断人行，秋边一雁声。
> 露从今夜白，月是故乡明。
> 有弟皆分散，无家问此生。
> 寄书长不达，况乃未休兵。

月是故乡明，千古绝响，传唱至今。可是杜甫并没能回到洛阳，日子也渐渐过不下去。这一年十二月，在朋友的帮助下，杜甫踏上了前往成都的道路，并在年底到达成都，重新开始了相对安稳的日子。

《蜀相》
——男儿有泪不轻弹

在成都，杜甫置办了房产，也就是所谓的成都草堂。相信去过的朋友都知道，所谓草堂，其实也是个不小的庄园。在这段时间，已经有了名气的杜甫受到了当地官员和文士的优待，草堂也在当地政府的扶持下一再扩建。杜甫的生活，渐渐宽裕起来。

不得不说，名气有时候真的很重要。这时候的杜甫开始和当初的李白一样，四处写诗，获取润笔。有时候是果树的树苗，有时候是竹子，没多久，草堂已经是有一顷竹林，好多果树的小农场，杜甫完全自给自足，虽然比不上当年的富二代生活，可是毕竟生逢乱世，这样的生活已经非常非常地小资了。

说到这里，也许有人拿初中课文《茅屋为秋风所破歌》来反驳。没错，杜甫确实遭受了这样的自然灾害，可是在风灾雨灾面前，谁能保证不受灾？至于房上的茅草，我郑重地告诉你，唐朝社会的经济完全不是我们想象中的那么繁华。打个比方，直到宋朝，才做到了绝大部分县级行政区的主城区拥有砖土结构的城墙和城门，在唐代，很多县城的城墙都是篱笆！而且，唐朝的江南、岭南地区有大片大片的无人区，里面住着各

种与亚马孙印第安人一样的土著居民。在当时，房顶能放三层茅草，已经是小资得不能再小资了。

于是，杜甫开始和当地居民打成一片，他的窗户可以看到西边青藏高原的雪山，门前停靠着前往长江下游的小船。这样的生活，我想就是现代人也会羡慕。有事没事，他也会出去随便走走，正好高适这段时间也在成都，两个人也算有个伴，时不时地相互寄信写诗，一起旅游。

这段时间，杜甫的诗作，也显得非常轻松明快。

客至

舍南舍北皆春水，但见群鸥日日来。

花径不曾缘客扫，蓬门今始为君开。

盘餐市远无兼味，樽酒家贫只旧醅。

肯与邻翁相对饮，隔篱呼取尽馀杯。

虽然说秋天的雨水有时候让他觉得寒冷，还让屋子漏雨。但是春天的雨水就不一样了。

春夜喜雨

好雨知时节，当春乃发生。

随风潜入夜，润物细无声。

野径云俱黑，江船火独明。

晓看红湿处，花重锦官城。

最最有意思的是，四川，是李白的故乡。杜甫也曾经在李白去过的地方游玩，虽然说这时候的李白已经离开四川很久了。杜甫甚至畅想，有一天李白想回家了，回到四川，可以和他一起在这里隐居下来。

然而，日子日渐安稳和富足，已经是暮年的杜甫真的就此满足了吗？当然、显然不是，作为一个儒生，不能实现自己的抱负，心中必然是不快的。

这就是所谓的盛唐精神，无论身处窘境还是顺境，心中都不忘自己的梦想——济苍生、安黎民。杜甫是这样，李白也是这样，高适、岑参、王昌龄都这样。在李白杜甫两颗巨星的周围，无数的繁星共同照耀着这个璀璨的盛唐，他们的光亮，就叫盛唐精神，光传播的媒介，就是盛唐的诗歌。

差不多就在这段时间，某一年春天，杜甫来到了成都的著名景点武侯祠，也就是纪念诸葛亮的地方。古人习惯叫某某祠某某庙，按照我们现在的说法，就是成都诸葛亮纪念馆。

诸葛亮的一生，即使没有《三国演义》的吹嘘，旁人看来也非常地传奇。一个隐居在南阳的青年，慢慢地打出了名气，在徐庶的推荐下，堂堂一个小军阀刘备亲自前往他的草庐，向他请教天下形势。后来曹操带着政府军（确实是这样，曹操才是政府军）来了，也是他到孙权那儿谈的联兵抗曹。

后来嘛，刘备称帝，三分天下，白帝城托孤，数次北伐，病死五丈原，这些故事大家都耳熟能详了。刘备得到了诸葛亮，从一个小军阀做到了割据一方甚至称帝，诸葛亮遇见了刘备，得以有机会实现自己的政治理想，成为托孤丞相。虽然说北伐失败了，但是他毕竟努力过。

在唐朝，三国故事已经广为流传。诸葛亮出山的时候才二十八岁，而此时的杜甫已经将近半百，却只能过着诸葛亮隐居南阳时的生活。诸葛亮后半生那种"明知不可而为之"的惨烈壮举，怎么能不牵动杜甫的诗情呢？

于是，杜甫在成都最有名的作品诞生了。

蜀相

丞相祠堂何处寻，锦官城外柏森森。

映阶碧草自春色，隔叶黄鹂空好音。

三顾频烦天下计，两朝开济老臣心。

出师未捷身先死，长使英雄泪满襟。

　　你好，请问诸葛亮的纪念馆怎么找啊？哦，成都城外，柏木最为茂盛的地方就是了。（"谢谢啊。""不会。"……有没有一种《半岛铁盒》的即视感？）青青的草色映照着台阶，呈现着自然的感觉，隔着重重树叶，依旧有黄鹂在歌唱，给人感觉那么地徒劳。就像诸葛亮一样啊，三顾茅庐的时候刘备频繁地询问天下大势，辅佐刘备开国，又辅佐刘禅治国，他两朝元老也确实是用心良苦。可是呢，出征魏国还没有取得胜利就不幸病死，想一想，真让我们这些后世的英雄流下眼泪啊。

　　富足的生活，反而让杜甫平添了更多的感慨。男儿有泪不轻弹，只因未到伤心处。与其说杜甫是在哭诸葛亮的北伐，还不如说他在哭自己的梦想。到了这个时候，梦想已经开始变得奢侈，与其奋斗，倒不如好好哭一场，就当是祭奠那些年错过的大雨了。

　　然而，命运总是喜欢捉弄人，就像李白临危病重的时候偏偏江淮之间来了政府军。这时候，一个非常厉害的角色也来了成都，他就是严武。

　　肃宗宝应元年（762 年），巴蜀地区的军事首长严武来到成都草堂特地探望杜甫。这个人可不得了，当时，朝廷主力在全力进剿安史叛军，后方的吐蕃也成为防御的重点对象，所以朝廷给了严武非常大的自治权，让他全力组织防御。

　　也就在这年，玄宗和肃宗双双去世，严武被朝廷召入京城，由高适暂时替代他的职权（你看看，高适混得多好）。杜甫还特地写了一首诗为他赠别：

> 远送从此别，青山空复情。
> 几时杯重把？昨夜月同行。
> 列郡讴歌惜，三朝出入荣。
> 江村独归处，寂寞养残生。

事态朝着美好的方向发展，代宗至德元年（763 年），政府军剿灭了最后一支安史叛军，成功收复包括洛阳在内的所有失地。消息传来，杜甫兴奋不已，写下了平生"第一快诗"。

闻官军收河南河北

> 剑外忽传收蓟北，初闻涕泪满衣裳。
> 却看妻子愁何在，漫卷诗书喜欲狂。
> 白日放歌须纵酒，青春作伴好还乡。
> 即从巴峡穿巫峡，便下襄阳向洛阳。

当然了，只是嘴上说说，杜甫并没有真的动身前往洛阳，虽然他的庄园和田产在那里。但是举国欢庆之际，高适却摊上了大事。这一年，巴蜀与吐蕃的前线告急，接连几个城池陷落，让高适非常难堪。更有人说，高适是内战内行，外战外行。

于是严武再次入川作战，在郭子仪的配合下，顺利击溃来犯的吐蕃军队，迅速稳定了局势，收复大片失地。而严武也是个略通风雅之人，行军打仗，也不免写一两首。

131

军城早秋

昨夜秋风入汉关，朔云边月满西山。
更催飞将追骄虏，莫遣沙场匹马还。

这首诗传到杜甫那里，连他都不禁赞叹。既然在四川了，两个老朋友免不了一起叙叙旧。当时，唐朝中央政府的实力已经大为削弱，像严武这样的人拥有越来越多的自主权，差不多就是小军阀了。所以这段时间，严武开始有了拉拢杜甫进入自己幕府的想法，他给杜甫寄去一首诗，表达了自己的心意：

漫向江头把钓竿，懒眠沙草爱风湍。
莫倚善题鹦鹉赋，何须不著鵔鸃冠。
腹中书籍幽时晒，肘后医方静处看。
兴发会能驰骏马，应须直到使君滩。

差不多意思是说：你别整天写文章写诗，出来做做正经事，谋个一官半职吧，跟我混就不错。

杜甫呢，则给他回了一封信，也是诗：

元戎小队出郊坰，问柳寻花到野亭。
川合东西瞻使节，地分南北任流萍。
扁舟不独如张翰，白帽还应似管宁。
寂寞江天云雾里，何人道有少微星。

差不多意思就是说，干不了，谢谢。

然而，总是这样，就像李白最后经受不了诱惑和蛊惑加入了永王幕府，杜甫也在严武的一再劝说下成为了他的幕僚。其实本来杜甫想四处云游了，正好又得到了朝廷的征召，担任长安的功曹参军。这下，可以留在成都跟家人在一起了，而且有个正经工作。

不仅如此，严武还奏请朝廷，给了杜甫一个工部员外郎的编制（那时候叫供奉，也就是享受这个官职的待遇，但是在严武这干的是什么活，完全看严武的意思），杜甫成为了正式的朝廷命官。因为这是杜甫一辈子当过的最大的官，所以我们也管杜甫叫杜工部。

《丹青引》

——赠曹将军霸

将军魏武之子孙，于今为庶为清门。

英雄割据虽已矣，文采风流今尚存。

学书初学卫夫人，但恨无过王右军。

丹青不知老将至，富贵于我如浮云。

开元之中常引见，承恩数上南薰殿。

凌烟功臣少颜色，将军下笔开生面。

良相头上进贤冠，猛将腰间大羽箭。

褒公鄂公毛发动，英姿飒爽来酣战。

先帝御马五花骢，画工如山貌不同。

是日牵来赤墀下，迥立阊阖生长风。

诏谓将军拂绢素，意匠惨澹经营中。

斯须九重真龙出，一洗万古凡马空。

玉花却在御榻上，榻上庭前屹相向。

至尊含笑催赐金，圉人太仆皆惆怅。

弟子韩干早入室，亦能画马穷殊相。

干惟画肉不画骨，忍使骅骝气凋丧。

将军画善盖有神，必逢佳士亦写真。

即今漂泊干戈际，屡貌寻常行路人。

途穷反遭俗眼白，世上未有如公贫。

但看古来盛名下，终日坎壈缠其身。

　　杜甫在严武那上班没多久，心里就觉得憋屈了。毕竟自由散漫惯了，突然回去继续上班，多少有点不适应。好在严武也是个通情达理的人，杜甫提出请假的要求后，很爽快地批了假条。反正，也快过年了，不如让手下轻松轻松。

　　此时的杜甫，也算是处在人生最最得意的时候，再一次地春风得意。可是，他却遇到了一个不如意的老朋友，曹霸。

　　曹霸是亳州人，说起来还是曹操的后代，曾经担任左武卫将军（虚职，只拿钱不干活的），是个著名的画家，差不多在玄宗时期，他的名声已经很响亮了。于是玄宗召见他，让他负责修复凌渊阁的二十四个功臣的画像。曹霸是一个淡泊名利的人，原本答应得好好的，干好这个工程就回家。可是唐玄宗不放他走，非要他多画几幅骏马图。

　　曹霸只得答应，但是一再申明，帮完这个忙，放我回家。就这样，曹霸又给玄宗画了骏马图。玄宗大喜过望，送给他良田万顷、骏马一百匹。曹霸却不给面子，就是不要，所以这才有了玄宗赦封的左武卫将军头衔，也算双方都找个台阶下。

　　可是，安史之乱爆发后，局势变得紧张，这个曹霸也因为种种奇葩原因被定性为"对朝廷不满"，不仅免去了左武卫将军的官职，更失去了生活来源。毕竟乱世里，谁乐意花钱买画啊。曹霸四处流浪，靠着帮人画肖像勉强维持生计。这一年，他来到了成都，找到了杜甫。

　　当然，也有人说，是这时候杜甫听说曹霸到了成都，自己去找他的。还是那句话，不管怎么说，他们见面了，而且杜甫送他两首诗，其中就有这首《丹青引——赠曹将军霸》。

即今漂泊干戈际，屡貌寻常行路人。

途穷反遭俗眼白，世上未有如公贫。

但看古来盛名下，终日坎壈缠其身。

到现在兵荒马乱，咱们都四处漂泊，你呢，只能随便画画那些平平常常的过路人。已经穷途末路了吧，还反过来遭到俗人的白眼，我估计这世界上没有比你更穷的了。看来这自古以来盛名之下的人啊，都免不了坎坷和穷困潦倒啊。

不得不说，这两人确实是一对难兄难弟，都是在乱世萧条失意的人。而这首强烈共鸣下的诗作，仅仅看这首诗给咱们留下来多少成语就知道其影响力和传唱程度了——不足四百字的诗中，足足为后世贡献了"别开生面"、"英姿飒爽"、"惨淡经营"三个成语，这是极为少见的。

这首诗太长了，我也就不翻译了，接着讲后面的事情。杜甫送曹霸的，还有一首，干脆也录下吧。

韦讽录事宅观曹将军画马图

国初巳来画鞍马，神妙独数江都王。

将军得名三十载，人间又见真乘黄。

曾貌先帝照夜白，龙池十日飞霹雳。

内府殷红马脑碗，婕妤传诏才人索。

碗赐将军拜舞归，轻纨细绮相追飞。

贵戚权门得笔迹，始觉屏障生光辉。

昔日太宗拳毛骗，近时郭家狮子花。

今之新图有二马，复令识者久叹嗟。

此皆骑战一敌万，缟素漠漠开风沙。

其馀七匹亦殊绝，迥若寒空动烟雪。

霜蹄蹴踏长楸间，马官厮养森成列。

可怜九马争神骏，顾视清高气深稳。
借问苦心爱者谁，后有韦讽前支遁。
忆昔巡幸新丰宫，翠华拂天来向东。
腾骧磊落三万匹，皆与此图筋骨同。
自从献宝朝河宗，无复射蛟江水中。

君不见金粟堆前松柏里，龙媒去尽鸟呼风。

杜甫的前途，貌似要比曹霸好多了，毕竟此时有个严武罩着他。何况严武此时才四十岁不到，正当壮年，有足够的时间让杜甫去发展。

但是，现实果真如此吗？上天跟所有人开了一个玩笑，永泰元年（765 年）四月，年仅四十岁的严武暴病而亡，与世长辞。失去了这个屏障，杜甫什么都没有了，俸禄、职位、工作，都没有了。既然这样，留在成都也没意思了。杜甫决定离开。毕竟自己已经这么一大把年纪，他可不想像李白一样，客死他乡。他要回去，尽自己最大的努力，回到河南。

暮春时节，杜甫最后一次登上成都的最高点，以为留念，毕竟这次是跟这个城市的永别。

登楼

花近高楼伤客心，万方多难此登临。
锦江春色来天地，玉垒浮云变古今。
北极朝廷终不改，西山寇盗莫相侵。
可怜后主还祠庙，日暮聊为梁甫吟。

这些花儿开在高楼下，简直就是来打击我的，我经历了这么多的磨难与哀愁，再次登临。锦江两岸的春色充斥在天地之间，玉垒山上的浮云，就像古今世事一样变幻无常。真希

望，我们唐帝国可以永远像北极星一样不可动摇，西边山区的吐蕃人，也不敢来侵犯我们的领土。可叹啊，可怜啊，连刘禅都有个庙宇祭祀他，天色已经晚了，我还是学学诸葛亮，唱唱《梁甫吟》吧。

五月，杜甫带着家人前往嘉州（今天的乐山）暂时安顿。六月，经过戎州（宜宾）、渝州（重庆）。并在九月到达白帝城，受到当地县令的热情招待，并且被安置在这里的一座相对不错的好房子里，杜甫正好身体不舒服，干脆就选择在此地过冬。第二年春，他继续踏上了征途。

可是，当他到达夔州（今重庆奉节）的时候，却被这里的山水所吸引。群山万壑直接绵延到荆门，而且还靠近昭君的故乡（重庆那边出美女！），老杜再一次萌生了安居的想法，在夔州又待了一阵子。当然了，老杜不会因为这个地方美女多所以留下，且不说他一直不好这口，就他这年纪，也过了那个时候了。昭君，对他来说，或许更是一种怀才不遇的共鸣。昭君得罪了画师不能成为汉朝的后妃，杜甫又得罪了谁呢？

群山万壑赴荆门，生长明妃尚有村。
一去紫台连朔漠，独留青冢向黄昏。
画图省识春风面，环佩空归夜月魂。
千载琵琶作胡语，分明怨恨曲中论。

《隔夜》

——神马都是浮云

杜甫在夔州，进入了一个创作高峰期。他在夔州仅仅待了不到两年，然而其现存的诗中竟然有三分之一来自于这段时间，四百三十余首。排除掉散逸的，杜甫至少一天一首，甚至不止。

和在成都一样，杜甫受到了当地土豪的款待，他们还为他购置了房产和微薄的田产。但是夔州毕竟是山区，日子肯定不如在成都过得逍遥。

刚到夔州，天气正热，重庆一带是火炉，大家都知道。而且这年夔州又逢大旱灾，杜甫只得暂时到山区的小屋子里居住，直到秋天才搬到当地政府为他安排的房子。而当地政府却觉得，是不是自己亏待了这个大诗人，于是一不做二不休，索性送了杜甫一块田产，还配给了佃户，让杜甫舒舒服服地在夔州当小地主。

这里还发生了一个有趣的小故事。杜甫在山区避暑的时候，西边住着一个非常贫苦的寡妇，一个妇女没有丈夫没有儿女，挺可怜的。他们两家房子紧挨着，杜甫的门口种了一片枣树林，这个妇女有时候实在经不住饥饿，就偷偷地摘杜甫树上的枣子吃。

杜甫这个心软的人当然不会介意，一来二去，那些枣树几乎就成了寡妇的私人财产。后来杜甫迁居，把这个宅子卖给了一个姓吴的先生。结果吴先生就没那么绅士了，走来就把枣树围了一圈篱笆，害得寡妇又要饿肚子了。

后来这个寡妇实在没办法了，觍着脸皮找到杜甫诉苦。原来，这个寡妇不仅无儿无女，而且由于种种原因，她有各种各样的债务和税赋要缴纳，已经穷到骨子里了。难得有棵枣树，帮她省点粮食，或许还能保证她冬天不饿死。于是杜甫就写了一封信给吴先生，当然了是用诗写的：

又呈吴郎

堂前扑枣任西邻，无食无儿一妇人。
不为困穷宁有此？只缘恐惧转须亲。
即防远客虽多事，便插疏篱却甚真。
已诉征求贫到骨，正思戎马泪盈巾。

大致意思是说：对这个没有多少吃的又没有儿女的妇人，让她打咱们几个枣子填饱肚子，其实无所谓。要不是太穷，她也不会这样。当然了，我晓得，你插篱笆墙，主要是防止外边的盗贼，对于这样的弱势群体，你还是有同情心的。但是一插篱笆，人家也不好意思了啊。这段时间，她到我这来跟我说了她的情况，唉，咱们难民何苦为难难民。

随着时间的推移，杜甫在夔州的生活日渐充裕，到了第二年春天，他已经拥有果园四十亩，蔬菜田好几亩，稻田若干顷。虽然说比不上成都这个大城市的繁华，日子也非常地安稳，至少一家老小不用挨饿，时不时地还能做做慈善。

可是，每当这样的时候，总会有一些事情发生，逼着杜甫萌生回家的念头。不得不说，这是老天要收他回去了。

大历二年十月十九日，杜甫应当地官员的邀请，去他的府邸观看文艺表演。其中压轴的节目是临颖李十二娘表演的剑器舞。杜甫看了之后，总是觉得自己想起了什么，却又想不起来。表演结束后，杜甫问李十二娘：请问，你的舞蹈是跟什么人学的？

　　李十二娘非常自豪地回答说：我可是公孙大娘的得意门生啊！

　　"公孙大娘"四个字勾起了杜甫的很多回忆，他想起来，在他还是个孩子的时候，跟着父母一起去郾城观看过公孙大娘的表演。当时的公孙大娘风华正茂，是唐朝的大众女神。当时著名书法家张旭观看了一次她的表演后，久久不能忘怀，拿着笔模拟着她的动作，久而久之竟然开创了新的字体。

　　然而，这么多年过去了，杜甫已经满头白发，当初名动全国的公孙大娘也已经不在了，她的弟子李十二娘都已经是美人迟暮。此情此景，让杜甫不能忘怀，于是写下了著名的《观公孙大娘弟子舞剑器行》。

昔有佳人公孙氏，一舞剑器动四方。
观者如山色沮丧，天地为之久低昂。
爥如羿射九日落，娇如群帝骖龙翔。
来如雷霆收震怒，罢如江海凝清光。
绛唇珠袖两寂寞，晚有弟子传芬芳。
临颍美人在白帝，妙舞此曲神扬扬。
与余问答既有以，感时抚事增惋伤。
先帝侍女八千人，公孙剑器初第一。
五十年间似反掌，风尘澒洞昏王室。
梨园子弟散如烟，女乐馀姿映寒日。
金粟堆南木已拱，瞿塘石城草萧瑟。
玳筵急管曲复终，乐极哀来月东出。
老夫不知其所往，足茧荒山转愁疾。

　　时光就是这样残忍，而杜甫的身体也开始每况愈下。这年深秋，杜甫拖着病痛登上了一座高台观赏风景，却发现自己的体力已经大不如从前。最让他不能接受的是，他的肺病、糖尿病（古人称消渴病）已经到了非常严重的地步，尤其是糖尿病，让他左耳的听力已经完全丧失。

　　而古人由于生产力的限制，对病理认识不够。杜甫得了糖尿病，却一再地食用甜食滋补。而杜甫的发病，与他无节制的酗酒也很有关系。要知道，唐朝人所说的酒，并不是我们今天的白酒。白酒属于蒸馏酒，这种蒸馏技术直到明朝之后才慢慢普及。唐朝人一般都喝甜味的黄酒或者米酒，含糖量高，长期无节制地饮用，对杜甫这样生活无规律的人来说，无疑是危险的。

　　好在杜甫多少是个医生，虽然那个时候并不知道糖尿病的原因，也没有胰岛素，但是杜甫多少知道此时该戒酒了。

登高

风急天高猿啸哀，渚清沙白鸟飞回。

无边落木萧萧下，不尽长江滚滚来。

万里悲秋常作客，百年多病独登台。

艰难苦恨繁霜鬓，潦倒新停浊酒杯。

　　这首诗被后人称为唐朝最好的七言律诗，所以在这里我就不去翻译了。倒不是我懒，而是不想破坏这些文字原有的美感。总之，杜甫开始觉得，自己的时间不多了。

　　当时，四川开始出现军阀混战，吐蕃再次入侵，唐朝的盛世一去不复返。而杜甫的朋友们，也一一过世。李白，公元762年在当涂因病过世；严武，公元765年在当涂暴病而亡；就连仕途顺风顺水、成功封侯的高适，也在公元765年与世长辞。那么，下一个，是不是就是他呢？

已经是年底，日夜交替让白天的时间越来越短，在这霜雪交加的时候，杜甫却仍在浪迹天涯。五更时节，又传来悲壮的号角声，三峡那边的银河，都仿佛在为此颤抖。听说战火烧起，外边传来千家万户的哭声，渔人和樵夫，不禁唱起悲哀婉转的民歌。

阁夜

岁暮阴阳催短景，天涯霜雪霁寒宵。
五更鼓角声悲壮，三峡星河影动摇。
野哭几家闻战伐，夷歌数处起渔樵。
卧龙跃马终黄土，人事音书漫寂寥。

卧龙诸葛亮，跃马公孙述，神马都是浮云。世事无常，朋友们都已经离我远去，再也听不到他们的消息，也看不到他们的书信，接下来的日子，只剩下寂寞无聊陪伴我了。

大历三年（768 年）正月，杜甫离开夔州，继续向东，穿过三峡，到达荆楚地区。便下襄阳向洛阳，眼看着就可以回到洛阳了，战火却在这里燃起了。整个北方乱成一锅粥，各种势力层出不穷。大时代的悲剧，就是大时代有无数知名的小人物。杜甫已经实在经不起折腾，洛阳似乎已经成了一个遥不可及的梦想。真的是天要收他，哪怕严武早一点去世，或者夔州的山水没有吸引住他，可能杜甫就这么顺利地回到洛阳了。当然，也许这样，很多经典名篇我们也就看不到了。

这个时候的杜甫，开始慢慢地向李白靠拢。不仅开始和李白一样对道教感兴趣，也开始主动地用诗文来求得生活。他对自己的人生信仰做出了检讨，自己何苦活得这么累？"儒术何有于我哉，孔丘盗跖俱尘埃"，何苦呢？干脆，像李白一样，游仙访道，了此余生吧。

于是，杜甫南下湘地，在湖南地区过上了云游的生活。他的第一个暂住地，是衡阳。

《寄韩谏议注》

——难得天马行空

杜甫在衡阳，虽然被病痛折磨，却依然乐天，开始有了一种玩世不恭的态度，不仅拿孔子盗跖开玩笑，在一些诗里，竟然有了之前所未有的瑰丽。比如，《寄韩谏议注》：

今我不乐思岳阳，身欲奋飞病在床。
美人娟娟隔秋水，濯足洞庭望八荒。
鸿飞冥冥日月白，青枫叶赤天雨霜。
玉京群帝集北斗，或骑麒麟翳凤凰。
芙蓉旌旗烟雾落，影动倒景摇潇湘。
星宫之君醉琼浆，羽人稀少不在旁。
似闻昨者赤松子，恐是汉代韩张良。
昔随刘氏定长安，帷幄未改神惨伤。
国家成败吾岂敢，色难腥腐餐枫香。
周南留滞古所惜，南极老人应寿昌。
美人胡为隔秋水，焉得置之贡玉堂。

虽然说这首诗里还有劝韩注继续做官、东山再起的意

思，基调上却诙谐壮丽，把政治与游仙结合起来，这可不是一般人能想到的。

而且，衡阳也并没有杜甫最初想象的那样糟糕。在唐朝，很多北方人中原人对江南地区有着极大的偏见，认为这里是蛮荒之地，经济文化都很落后。实际上在当时，南方确实落后于北方和中原。但是这个时候，经济中心已经开始逐步南移，北方的战火严重制约了经济发展，相比较而言，这里虽然比不上长安洛阳的繁荣，但是多了份安逸祥和。

当时，衡阳刺史韦之晋正好也是杜甫的朋友。杜甫到衡阳，也有投奔他谋取个职位的想法。可是偏不凑巧，杜甫到衡阳不久，韦之晋就调任潭州刺史（长沙一带），而杜甫跑到潭州的时候，韦之晋也跟当初的严武一样，暴病而亡。

失去了这个最后的靠山，杜甫彻底沦为难民。当时的长沙人并不好客，杜甫进入了前所未有的低潮，之前难得培养起来的乐观态度和隐逸精神在凄凉的现实面前化为乌有。他甚至居无定所，只得买来一艘渔船，住在水上。为了一家老小的生计，他重操旧业，卖药为生。闲暇之余，杜甫也开始整理文稿，做着最后的打算。

就这样在长沙漂泊了四个月，上天对他的残酷超乎想象。然而上天还觉得不够。没多久，又一个人闯进了杜甫的生活，仿佛是上天的刻意安排，让他再一次回味国破家穷的痛苦。在暮春的长沙，他遇到了同样流落到此的李龟年。

李龟年是唐朝著名的歌手，天下太平的时候，曾经多次在豪门贵族家中举办演唱会、歌友会。此时天下大乱，也没人顾及这些艺人，他只得和杜甫一样，流落江南。当初杜甫还是富二代的时候，他们经常在岐王府和崔九堂里面见面，也算是老朋友了。

杜甫遇到他，心情非常复杂。就在前不久杜甫整理书稿的时候，发现了一封来不及回的信，是高适寄来的。想想这么多年了，高适都已经去世了，杜甫出于礼貌，也出于感慨，特地写了一封回信。当初的朋友大半已经过世，能在这里遇到李龟年，也算得上是他乡遇故知。

江南风李龟年

岐王宅里寻常见，崔九堂前几度闻。
正是江南好风景，落花时节又逢君。

落花时节又逢君，这话很有内涵。在这个江河日下的时代，能够遇见你，就是我的"江南好风景"。杜甫的心情并未受到多少打击，然而，上天要收他了，他离开这个世界要不了多久了。

四月八日晚，湖南兵马使以讨要军饷为理由，发动兵变，这下就连长沙都不太平了。杜甫只得跟随长沙的其他难民一起向南逃窜，在好友苏涣的帮助下，杜甫再一次到了衡阳。

一路上，天气闷热，雨水不断。可是一进入衡阳境内，天气就突然凉爽了，这也算是上天对杜甫的最后一点恩惠了。衡阳人非常爱戴杜甫，杜甫也逐渐爱上了这片土地。他的时间不多了，能够在衡阳安度最后的时光，已经成为他最后的要求。

平叛毕竟还要进行，道州刺史、衡阳刺史等州县地方部队都组织起来讨伐潭州。可是，这时候的唐朝已经没有当年的雄武之气，仅仅因为一个刺史收了叛军的好处，这场平叛就以失败告终。残酷的现实逼迫着杜甫不得不离开衡阳，往更南方迁徙，也是往离故乡洛阳更远的地方。

实际上，杜甫这个人也实在是太倔强了，叛军的战火并不能烧到衡阳。他只不过是想离开这个伤心的地方，因为这里经历的失败让他感觉不到国家的希望。所以，尽管衡阳朋友一

再挽留，杜甫依旧要走，走得远远的。

去哪呢？想来想去，只能到更南方的郴州了，他和朋友苏涣相约，若干天后，我们在郴州相会。正好郴州那边，有杜甫的一个舅舅，他在那里担任一个地方上的小官，虽然说不能养活杜甫一家老小，但是给他本人和子女找点工作是没问题的。

杜甫家就在船上，去哪也方便。然而，杜甫忘记了一点，那就是前一阵子的大雨。杜甫乘船刚刚到达湘江边的方田驿站，一场洪水就阻挡了他的去路，也阻挡了他的退路。

就这样，杜甫与外界失去了联系，而且是在一条孤舟上，就算他的体力足够支撑他的求生技能，他也无法施展。而外界也不知道杜甫是死是活，衡阳的地方官也出去四处寻找。

杜甫这一年五十九岁，还不满六十，却像过了六百年一样。年少优游、一掷千金、飞鹰走狗，进而"长漂"十年谋得一官半职，进而国破、家穷、走投无路，到现在，只有在这条漫无目的的船上，看着周边涛涛无边的洪水，等待着死神的降临。

然而，上天似乎并不想让他的作品就这样跟着洪水一同流逝。就在杜甫已经断粮整十天后，衡阳地方政府的搜救队伍找到了杜甫，并且带来了大量的美酒美食——上好的甜黄酒，上好的肥牛肉。杜甫什么都不管了，毫无顾忌地大吃大喝——完全忘记了自己还有消渴病（糖尿病）。

当天晚上，杜甫就病发了，在最后清醒的意识里，杜甫整理完了最后的诗稿，并写下了人生中最后一首诗——遗言。

风疾舟中伏枕书怀三十六韵呈湖南亲友

轩辕休制律，虞舜罢弹琴。尚错雄鸣管，犹伤半死心。
圣贤名古邈，羁旅病年侵。舟泊常依震，湖平早见参。
如闻马融笛，若倚仲宣襟。故国悲寒望，群云惨岁阴。

水乡霾白屋，枫岸叠青岑。郁郁冬炎瘴，蒙蒙雨滞淫。
鼓迎非祭鬼，弹落似鸮禽。兴尽才无闷，愁来遽不禁。
生涯相汩没，时物正萧森。疑惑樽中弩，淹留冠上簪。
牵裾惊魏帝，投阁为刘歆。狂走终奚适？微才谢所钦。
吾安藜不糁，汝贵玉为琛。乌几重重缚，鹑衣寸寸针。
哀伤同庾信，述作异陈琳。十暑岷山葛，三霜楚户砧。
叨陪锦帐座，久放白头吟。反朴时难遇，忘机陆易沉。
应过数粒食，得近四知金。春草封归恨，源花费独寻。
转蓬忧悄悄，行药病涔涔。瘗天追潘岳，持危觅邓林。
蹉跎翻学步，感激在知音。却假苏张舌，高夸周宋镡。
纳流迷浩汗，峻址得嵚崟。城府开清旭，松筠起碧浔。
披颜争倩倩，逸足竞骎骎。朗鉴存愚直，皇天实照临。
公孙仍恃险，侯景未生擒。书信中原阔，干戈北斗深。
畏人千里井，问俗九州箴。战血流依旧，军声动至今。
葛洪尸定解，许靖力难任。家事丹砂诀，无成涕作霖。

　　第二天，家人再也没有叫醒这个历尽坎坷的老人。然而就如同人们不愿相信李白是病死的一样，人们更不愿意相信杜甫是被噎死的（古人完全没有糖尿病的常识，在他们看来杜甫就是被噎死或者撑死的）。所以也出现了很多离奇的说法，有的说，李白杜甫都没有病死，他们都在汨罗江跳江自尽了，所以汨罗江有了一个三贤同自尽的说法。

　　后来他的长子杜宗武就在湖南将他安葬，杜宗武也在湖南地区定居下来。直到四十多年后，杜甫的孙子才完成了爷爷生前最大的心愿，将杜甫的坟墓迁往河南老家巩县。现在杜甫的后代分为两支，一支是长子杜宗武的后代，主要居住在湖南；一支是二儿子杜宗文的后代，主要居住在河南老家。现在的家族也都非常兴盛，也算上天对他这个以"百穷"打磨出来的"诗圣"的一点补偿吧。

附录一

传统诗格律简述

一、诗的分类与四声

传统诗，也有叫旧诗、国诗的。但是我以为，旧诗显得没有生气，国诗显得太大了，还是叫传统诗好些。

一般而言，我们把传统诗分为两大类，今体（也叫近体）和古体。

古体，泛指在格律上没有过多要求（不是没有要求），或者格律尚未完善之时的传统诗作品（所以唐朝之前的诗都是古体，无一例外）。细分之，常见的有五古和七古。

所谓五古，也就是五言古诗，指的是每句五字的古体诗。如杜甫《自京赴奉先县咏怀五百字》等。

所谓七古，也就是七言古诗，指的是每句七言或者每句字数不相等的古体诗。如李白《蜀道难》、陈子昂《登幽州台歌》等。

今体，也就是近体诗，则是在格律上有着严格要求的。细分之，有律诗、绝句、排律（排律极少见，不做介绍了）。

律诗，分为五律和七律。五律，每句五字，一共八句四联，如李白《渡荆门送别》。七律，每句七字，也是八句四联，如杜甫《登高》。

注意：律诗只押平声韵，一旦押仄声韵，就算格律上类似，也归为古体，如杜甫《望岳》。这个后面会细说。

绝句，分为五绝和七绝。五绝，每句五字，一共四句两联，如杜甫《八阵图》（功盖三分国，名成八阵图。江流石不转，遗恨失吞吴）。七绝，每句七字，一共两句四联，如李白《早发白帝城》。

除此之外，还有一类古体，称之为入律古风，这个需要了解后面的知识之后才能理解。这类的，比如白居易《琵琶行》。

四声，就是平、上、去、入四个声部。除了平声以外，其他的都统称为仄声。平声，大致相当于今天普通话中的第一声、第二声；上声大致相当于今天普通话的第三声；去声大致相当于今天的第四声。入声在现代普通话里已经消失，但是在南方的很多方言中依然有保留。

那么，在创作传统诗的时候，是不是有必要注意这个入声呢？我认为是完全有必要的。我们写诗词，语法上是唐宋文言的语法，那么在音韵上必然也是按照唐宋的音韵，这是约定俗成的"行规"。入声字表网上可以查到，大家可以琢磨一下，尤其是母语为南方方言的朋友们。

二、近体诗的四种平仄格式和粘对原则

四种平仄格式：

⟨平⟩平⟨仄⟩仄⟨平⟩平仄，
⟨仄⟩仄平平仄仄平，
⟨仄⟩仄⟨平⟩平平仄仄，
⟨平⟩平⟨仄⟩仄仄平平。

（圆圈中字代表它可以随意变通）

151

符合这样平仄规律的句子，我们称之为律句。前文所谓入律古风，就是句子绝大部分为律句的古体诗。

五言律句的平仄，就是七言去掉前面两个字，即为：

⟨仄⟩仄⟨平⟩平仄，

平平仄仄平，

⟨平⟩平平仄仄，

⟨仄⟩仄仄平平。

近体诗中，两个相连的句子，我们称之为一联，在一联中，两个句子要满足"对原则"。例如：

朝辞白帝彩云间，（⟨平⟩平⟨仄⟩仄仄平平）

千里江陵一日还。（⟨仄⟩仄平平仄仄平）

两岸猿声啼不住，（⟨仄⟩仄⟨平⟩平平仄仄）

轻舟已过万重山。（⟨平⟩平⟨仄⟩仄仄平平）

通常而言，首联的两句只要求前四字格式上平仄相反（五言就是前两字），后面所有联都是格式上全部相反（主意是格律上，毕竟有些地方可以随意变通）。

在两个联相邻的句子中，讲究"粘原则"。例如：

戍鼓断人行，（⟨仄⟩仄仄平平）

秋边一雁声。（平平仄仄平）

露从今夜白，（⟨平⟩平平仄仄，白为入声）

月是故乡明。（⟨仄⟩仄仄平平）

也就是在格式上，这两句的前四字（五言前五字）平仄相同。

一般而言，对原则是必须符合的，不然不能称之为近体诗，粘，可以偶尔违反。违反粘的近体诗称之为折腰体，而违反粘的七言绝句也叫阳关体。

三、孤平与拗

在四种律句格式中，有一句特别需要注意：⟨仄⟩仄平平仄仄平。这一句中，如果第三字（五言第一字）成了仄声，成为：⟨仄⟩仄仄平仄仄平，则称之为犯孤平，也就是句中没有相连的平声，非常拗口，是第一大忌讳。

但是，如果第三字（五言第一字）非仄不可，也可以补救，那就是将第五字（五言第五字）用平声。也就是⟨仄⟩仄仄平平仄平。注意：如果第三字没有用仄，则第五字也可以随意变换平仄。例如：

双鬓向人无再青。（⟨仄⟩仄仄平平仄平）

还有种句子，⟨仄⟩仄⟨平⟩平平仄仄，也可以变换为：⟨仄⟩仄平平仄平仄（注意此时第三字必须为平）。例如：

"正是江南好风景""凉风起天末"。

这个，我们称之为孤平救，或者救孤平。

还有一种句式，称之为拗句，⟨平⟩平仄仄⟨平⟩仄仄，句子必须接一个孤平救。例如：

一身报国有万死，（⟨平⟩平仄仄⟨平⟩仄仄）
双鬓向人无再青。（⟨平⟩平仄仄⟨平⟩仄仄）

还有诸如小孤平、小拗句、三仄尾、三平尾等，都是小

毛病，一般可以不避讳，这里不赘述。

四、押韵与对仗

所谓押韵，就是韵脚所用的字都在一个韵部里。传统诗严格按照平水韵来。这个里面要介绍的东西太多，建议大家百度，不然我这本书就单讲这一个问题也讲不清楚。

建议大家百度的关键词：平水韵、平水韵表、近体诗的押韵，上去通押。

对仗，律诗中有着严格要求，用在绝句里有时候也能有意想不到的积极效果。对仗说简单也简单，说难也难。

说简单，无非是名词对名词，动词对动词……但是，细细分析，里面的名堂很大。依旧建议大家百度，实在篇幅有限。

关键词：对仗、无情对、流水对、合掌。

附录二

我对诗歌的一些认识

自序

夫前人于诗之论述已泛滥矣，略述陈言，自以为不必。国朝文治至今，甲子有余，然世轻风雅，正音沦丧。报刊偶见"诗"之一二，盖多老干陈言，为余所不爱，只堪贻后人笑耳。

或曰："自民国以来，胡适之诸先生大唱新诗，成一时之文风，若夫旧体，已为土中之物矣。"

诚然，五四以来，有徐志摩、戴望舒、郑愁予、余光中、海子、顾城、北岛诸君，皆工此体，强为一时之盛。然则自胡适之滥觞于今盖约百年，何以世人所能立诵之作，唯《再别康桥》一章而已？亦有轻薄子笑之曰："新诗者，文之分行者也。"虽多戏谑，理亦在焉。

小子无才，略集旧作，凡诗词六七十首，振我螳臂，呼我蚊声，为正华夏之雅音尽之以绵薄。集中用韵，诗皆《平水》，词皆《正韵》，虽时有一挥而就、倚马口占者，亦如是。

2010 年至今的作品

戏作钓鱼诗

竹篙一丈钓丝悬，白鹭归飞日近山。
偶见标沉捉竿起，恰如新月一勾弯。

夜饮茶

绿水青山出好茶，馨香随夜入人家。
叶芽沉落几番降，烟气升腾一缕斜。
月下只需茗偶在，樽前何必酒常赊。
且将高唤青州事，更忆东篱野菊花。

归梦

夜来冬雨落潇潇，便与寒风添寂寥。
解道醒来了无趣，归途梦里又遥遥。

次唐伯虎《题落霞孤鹜图》诗韵

桂殿兰宫山浦中，子安不见旧时踪。
多情唯有三秋水，仍共长天带晚风。

唐寅原诗

画栋朱帘烟水中，落霞孤鹜影无踪。
千年想见王南海，曾借龙王一阵风。

齐云山

久闻齐云山，俊秀甲江南。小子今登临，风景果不凡。

云中见青树，峰间诸崖丹。太素悬峭壁，玉华盘峻峦。

古道随山行，偶映横江澜。向晚游人去，回首生微岚。

何苦累名利，应已知自然。

如梦令

一夜笛声忽起，丛竹萧萧雪里。
人醉忆当年，只是消愁无计。
曾记，曾记，可惜萧娘无意。

记梦

松舍柴扉着润苔，梅香渐薄粉桃开。
村头最是春光好，绿水青山送景来。

书怀

秋夜中庭步，澄辉一片霜。
清风凝玉露，黄菊发琼香。
岂不恋佳景，依然思故乡。
此愁何事起？明夕又重阳。

八月初一病中作

江南地气暖，八月也微寒。
中秋佳节近，朔日清辉残。
灯下强执笔，病中难忆欢。
一封书寄去，只语报平安。

采桑子

残春一片伤心色，风掠梨花。飘向谁家？只与闲愁
添鬓华。

闲愁几许能消得？数点归鸦，过影微斜，细雨黄昏
人醉些。

临江仙

凄楚寒天霜叶落，黯然最是婵娟。空追往事惨愁
颜，思君无尽处，夜里独潸然。

嬉戏当年如一梦，而今地北天南。欲劳魂梦渡江
关，梦中相聚好，只是入眠难。

渔歌子（初中时作）

芳草长堤横水中，
荷池装缀小芙蓉。
朝有露，晚来风，
湖光山色有无中。

2010 年至今

时端午夜，读纳兰词，有"断岸垂杨"句，抚卷而思，似余故乡景色，由是生怀乡之意，遂改其《鹧鸪天》为诗，曰：

青云澹澹水悠悠，断岸垂杨唤客愁。
今夜乡心都几许？一声横笛锁空楼。

乡音

幼岁辞桑梓，弱冠归旧林。
故人纵不识，入耳尽乡音。

观友人画作

石藓山苔水润青，前川瀑布傲然横。
闲来无事久观此，如有松涛和浪声。

昨夜偶成

处暑荷飞尽，朝朝阴雨来。
炎凉袭无序，冷暖意难猜。
愁我万千事，付他三两杯。
诗文方赋得，一唱竟成哀。

偶成

几日将开学，离乡能奈何。
蝉鸣七月断，雁字一横过。
秋浦飘黄叶，清溪泛细波。
人皆恋桑梓，诗客咏偏多。

看电影《叶问》有作

一身唯正气，拳名号咏春。
偶然战倭贼，数拳敌十人。
岂争名与利，只为中国尊。
日寇与英蛮，擂台胜负分。
不唯力无敌，更在义与仁。

生日与表兄去 KTV

今人子女少，堂表亦至亲。
忽然相聚会，为我庆生辰。
我亦风流客，素号为"潮人"。
啤酒初痛饮，高歌至夜深。
戏语诩海量，兄嫂夸嗓音。
更有谆谆语，嬉笑叙天伦。
他日纵分散，天涯不忘今。

蜡梅

春来尚有期，金玉著寒枝。
傲雪严冬里，添香岁末时。
迎风何必赋，映月自成诗。
徒道菊开晚，此花开更迟。

清溪河早春

清溪平岸溢余寒，
风掠涟漪雨意酣。
偏爱河边早梅发，
一分春色入江南。

思故人

欲把情思纸上行，
千言万语亦难成。
惟将一片思君意，
托付春风寄与卿。

近得肠胃炎，腹痛难耐，吟诗以解忧耳

腹中翻江海，万事只堪哀。
岂欠桥公酒？恨无书圣才。
双亲询问至，孤苦客愁来。
思绪奈何以？吟诗做遣排。

注：颔联用典，当年桥公跟曹操说，你要是路过我的坟墓不给"斗酒只鸡"，我保证你肚子疼。王羲之有一次喝多了肚子疼，写成了著名的《腹痛贴》。

蝶恋花·步韵六安君

疏雨清明桥上走，桥上行人，醉意浓如酒。飞絮濛濛风弄柳，残红如雪谁怜否？

犹记那年新雨后，有故人来，剪却青青韭。谁料而今抛弃久，落花同赏何时有。

友人六安君原玉：蝶恋花·西凉春色

杏雨初晴阡陌走，蝶舞风轻，蜜酿桃花酒。不入林深随绿柳，西凉春色谁知否？

每过清明三月后，堤下芜蒌，恰似青青韭。醉卧酣眠君等久，韶光岂是年年有！

口占

万里清辉映九州，
流轩月色入高楼。
莫言诗客书斋小，
浩荡银河眼底收。

乐府旧题之《有所思》

无端对镜练秋波，
伫立楼前待小哥。
当道茫然羞半日，
只言新出许嵩歌。
乐府旧题之《长相思》
夜深望月忆婵娟，
难解忧愁趁酒眠。
奈何一枕黄粱梦，
两鬓如霜唱《十年》。

重游九华山

故园佛国下，遥遥望九华。
少时常游历，粗略访丹崖。
而今离乡久，无处能如家。
家乡好山水，日日常称嗟。

假期起闲性，再游此仙境。
乘车又徒步，妙景无尽观。
薄霭若青水，莲花作丛峦。
伽蓝立绝壁，青松怪石悬。
羊肠近青云，细瀑生轻岚。
缓处真佛国，满目皆伽蓝。
其间谁冠者？化城与祇园。
门庭熙若市，不闻乱语喧。
更有百岁宫，护国号万年。
高处名天台，实非人世间。
磐石静坐久，仙风袭人寒。
归去实不舍，日色已阑珊。
因念家乡好，清泪直欲潸！

苍梧谣·写于母亲节

娘，昨夜孩儿思故乡。最怀念，家里饭蔬香。

赠别故人

佳节离愁多意绪，钢城诗客少精神。
江南连日黄梅雨，灯下三更青眼人。
今夜孤闻二泉月，当年共饮一壶春。
犹知妆点先贤语，竟道天涯若比邻。

注：时在马鞍山，即钢城。

藏头诗戏赠友人煮石酒僧

煮酒清谈论弈棋，
石磐静坐日沉西。
酒成万事都忘却，
僧道陶然醉似泥。

西江月·和竹轩主人

几日黄梅阴雨，一时凉意幽幽。醉中听雨忆温柔，梦里依稀红袖。

可惜华胥易逝，终成一片云头。冬郎却亦忘风流，不见形容消瘦。

竹轩主人原玉

窗外青山隐隐，江中新月幽幽。夜风淡淡意添柔，偶得闲情熏袖。

竹影摇成诗句，兰香抹过云头。展笺挥墨写风流，哪怕春天走后。

初伏口占

听取蝉鸣归故乡，荷花依旧小池塘。
多情最是垂杨舞，一阵风来一阵香。

暑期归乡小住，离时遇雨

无意车中入润风，群峰翠顶没云中。
最是不堪回首处，故园山水雨帘封。

点绛唇

何事秋来，蝉鸣帘外随风去。小窗朱户，凉意还如许。

几饮觞杯，醉里听秋雨。愁何处？醉酣无语，自有相思苦。

送别友人，兼自抒怀

感君秋日负良辰，何似飞蓬缥缈身。
已是诗文孤独客，更成风月寂寥人。
今夜三更听细语，明朝万里隔长津。
莫言此去征途苦，追梦他乡宜自珍。

中秋

自古称佳节，风华何必春。
一年秋色半，万里月华新。
明澄随处景，漂泊等闲身。
但有开颜事，无忘语至亲。

忆幼时游烟柳园

徽池重宗族，我幸为长孙。家中多爱护，岂得遇苦辛。
幼时每春至，南湖柳如烟。吾从尊长游，嘻嘻长开颜。
名曰我从长，实伴我游园。转眼十余岁，今已过弱冠。
烟柳春如旧，家人白发添。遥思祖父母，计日待团圆。
今春居异乡，情比柳丝长。虽言四方志，幼时岂敢忘。

乐之先生得新琴，名曰大乔，余作诗以赠

石上流泉水，松风动楚云。
丝桐飞逸绪，素指溢清芬。
琴格高低别，人情冷暖分。
谁怜归隐客？今世已难闻。

165

清溪晓月

残夜寒灯灭，清溪晓色暝。
微风拂波浪，碎月漾流星。

忆城郊暮雪

长思冬色暮，飞雪没江城。
满目缤纷碎，低云渐次明。
千山寒树隐，万户暖烟生。
入夜维清寂，时来压竹声。

忆平天湖春色

窗外佳山好景无，闲来记取平天湖。
千寻碧水铺春色，两岸青山入画图。
注：佳山，在马鞍山市；平天湖，在池州。

不寐

黄昏人未定，窗外起清霜。
残月层层隐，寒风细细长。
毫端得愁绪，灯下闪微光。
落笔描何处？归鸿宿故塘。

即事

残冬天气新晴好，
映雪斜阳入小村。
多少农家翁媪乐，
偏厢打扫待儿孙。

代他人作

长思那日憩亭庐，一顾文君病相如。
惟愿今生卿识我，重逢何怨是华胥。

踏莎行

门掩黄昏，别来春暮。江东又是泠泠雨。醒来听得
起风声，残红明日寻何处。

把酒言欢，临尊无语。徒劳泪眼望归路。离人夜夜
梦江南，那堪无寐添愁绪。

调笑令

飞絮，飞絮，入我寒窗些许。愁来望断天涯，千树
万树落花。花落，花落，何处从今漂泊。

春末偶成

昨夜乡心一梦中，残春辜负客江东。
晚来信步正离思，一树飞花落晚风。

口占赠人

深冬游子客，辗转睡难安。
一夜西风紧，三更朔雪寒。
萧瑟人声起，惺忪梦境残。
不知萧谢意，可解望长安？

如梦令

一夜秦淮闲步，灯影依依如舞。携手望阑珊，只叹良宵飞度。别处，别处，应是落梅无数。

感慨经年，遥有此寄

落魄萧条一贯之，今生笑我误文辞。
何言逐梦多辛苦，一段青春一句诗。

有感经年

营营烦俗务，坎坷运终通。
梦曾飞瀚海，今已落蒿蓬。
可怜疲夜月，莫笑负秋风。
最记先贤语，生于忧患中。

年初不寐即事

烟花又做不眠声，云映霓虹夜未冥。
偏爱卷帘新岁雨，小潭灯影碎如星。

墙角一梅

梅候正惊蛰，得香于润风。
不怜漫野发，偏爱几枝红。
落魄无人问，销魂与我同。
嗟哉唯尔吾，同乐此时穷。

点绛唇

画扇空悲，无常世事真无语。初逢佳处，依旧梅香舞。

纵断肝肠，岁月依然去。愁何处？阑珊灯语，窗外淋铃雨。

忆人

萧谢音尘绝，长江两隔之。

重逢皆是梦，相见也无期。

世上别常久，人生悔更迟。

叹嘘自苦笑，何苦又相思。

无题

我欲重温来旧地，朝花夕拾意难安。

当年处处长携手，今夜时时独倚栏。

相爱不堪成爱过，别离真做永离看。

休言一见钟情地，此地微风如雪寒。

杏花村踏青作

诗村好景正时节，昨夜听闻夜不眠。

春水映天云若雪，杏花成雾柳如烟。

风来岂用添香馥，鸟过何须费管弦。

满目真堪愁画笔，丹青入妙亦难全。

自述

手指当犁耒，耕耘方寸中。
思飞千古事，笔运百年雄。
富贵何曾有，功名与我空。
但求身后事，留笑与翁童。

顶针诗

三更初夏清凉夜，逸趣随时到我家。
家外城池秋浦水，杯中谷雨春山茶。
茶香缕缕凝青雾，月色涓涓投绿纱。
纱隔飞虫难乱入，风来正好梦菁华。

初夏

才思不到俗人家，诗意还需数盏茶。
莫笑茗多难睡着，晚来反正一池蛙。

友人以学术邀，占二绝以谢之

其一

我是风花雪月人，从来不爱杏坛春。
若问志趣今何是，只在山川访道真。

其二

腹中无有圣人书，安敢飞身攀凤梧。
徒以文章换酒米，今生只剩在江湖。